Moviematic

儘管世界動盪，你依舊是最好的日常

——電影療傷誌

自序◆人間不值得的時候，留一點好給自己

思前想後差不多六十六天的時間，才能開筆寫人生的第二篇自序。想了很多，做為第二本書的序，應該想要告訴大家些什麼。既然上一本自序已經概括了電影對自身的影響，那這次則希望通過簡短的自序，向大家介紹這一個平凡而想要對世界作出一點點影響的我吧。

悲觀地樂觀是做人的宗旨

我是極其深信，人一生痛苦絕對比快樂多。很多時候，傷害來自於自身期望過高、對世界過於善良而不懂得保護自己，我們無能為力去改變現況，而且受過的傷害會一直伴隨成長，成為我們肩上的重擔。以為時間能夠稀釋苦痛，可是最終沖淡的是我們最真實的本性。正因為經常性抱有悲觀的想法，才想以僅餘的正能量去安慰別人，同時也是在勉勵自己。

幸與不幸都是人生的全部

曾經有一段時間，認為自己是全世界中最悲情又不討喜的主角。經歷了一次又一次的手術，總是無可奈何地遊走在生死之間，死亡就離自己這麼近，於是想要放棄在世上留下價值，也不想再建立任何情感連結，把所有美好都拒之門外，甚至沒有一刻是不想自行選擇離開人世。可是這樣真的好嗎？對那些毫無保留一直愛自己的人來說，這不是二次傷害嗎？也許有天我突然就會消失不見，但在之前，希望能好好的陪伴每一個人度過生命中的瘋狂與平凡，用堅毅的溫柔、勇敢活下去的信念，來不負生命中的每一個相遇。

預期失望，才不會得到真正的失望

一直覺得愛一個人需要勇氣，後來長大了傷口多了，才發現接受被愛更需要勇氣。因為無法全心全意相信任何人，也無法相信自己值得被愛，所以在感受到愛時，就一直在後退，甚至想要把過往真實存在過的情感從此抽離。我總是活在別人看不到的疼痛中，被痛苦佔據的某些時刻讓人無法擺脫、無法放下，每次以為能夠好起來，卻還是一團糟，總想要等待被拯救，但真正的救贖只能是自我療癒過去的傷痛。超度過往根深柢固的痛苦，以為數不多的快樂回憶稀釋過多的悲傷，這並不容易，但我會去嘗試在荒唐裡活出一個最純粹的自己，在屬於自己的軌跡下盡量避免丟失真我。

比起「給十年後的我」，當刻的自白更能提醒自己要如何的活著。人間不值得的時候，就留一點好給自己吧。

祝你好，我也好。

Moviematic (mm)

Contents

失去

失望

在乎

成長

自愛

告別

怯懦

遺憾

錯過

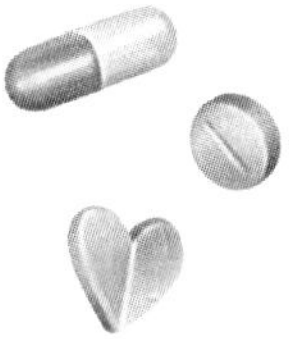

失去

一路上走來，總會失去些什麼，有些微小得讓你不曾察覺；有些以為理所當然的擁有著，直到失去以後才覺重要；有些拚命的想要挽留，卻因失去才明白不曾屬於自己。失去這回事，不論經歷多少遍，還是會無所適從的感到疼痛、喘不過氣來，想要從悲傷的時間表中逃跑。錯失最痛的，或許不是當下的痛徹心扉，而是承認那一次的失去是不可逆轉的——明知道不可挽回，卻一直渴望和等待重來。被掏空一切的感覺，只能安靜地面對，畢竟哭是沒有用的，唯有說服自己許多東西本來就是要等待失去，真正屬於我們的，終歸會以另一形式回來我們的身邊。

01 ◆也許我們永不相見，但彼此的心中會永遠留下一個不能取替的位置。

「如果我能早點長大，
是不是就不會失去你了？」

——《你的婚禮》

在那個不復存在的平行世界裡：我愛你如初，你愛我依然。人生最好的時光都是愛著你，可是比起愛，我們還是比較擅長把對方錯過。在無法給予對方更多的時候，我們不懂得求諒與挽留；在期望落空、飽經挫折的時候，我們沒有互相扶持的走過。很多事情學不會，但在失去你以後就懂得了，只有愛終究沒法撐起一切，互相陪伴一起成長的人，卻沒能走到最後。幸運是，那個曾是你；可惜是，最後不是我。

比起得到的，我們錯過的更多，似乎錯過是無可避免，我們卻無法去好好接受。那些錯過了的人，會在我們生命遺下一處空白，有時候想不起細節，卻永遠記得曾經如此的重要；有時候想起了，反而腦海一片空白，想不通為何走著走著就失去了。當離幸福太近的時候，也意味著準備要與幸福背道而馳，因為人生從來就沒有幸福的結局，是你讓我如此相信。這個城市愈走愈感寂寞，許多時候，轉身就永遠不再見面，每一個相遇，最終都是換來最後的擦肩而過。是不是我再努力，也無法挽留決心離開的你？是否注定永遠留不住一個人，也無法為一個人留下來？

當人愈成長、愈多羈絆的時候，便會想起許多過去的遺憾往事。想著如果那一年我們彼此愛上，現在的我們也許就不一樣了，但生命終究沒有太多如果，我們還是朝著各自的選擇通往不同的人生道路。也許有一天，我們會重逢，會談起當年懵懂純真而義無反顧的我們。也許我們永不相見，但彼此的心中會永遠留下一個不能取替的位置。

P5 PLUS
HP5

《你的婚禮》2021

導演：韓天

編劇：張影、焦婷婷、韓天

主演：許光漢、章若楠

電影簡介：這是一段注定要錯過的初戀，是人生中最無悔的決定，也是最美的曾經。故事講述從高中認識的周瀟齊和尤詠慈之間跨越十五年的愛情故事。游泳隊代表的周瀟齊對尤詠慈一見鍾情，默默守護。經歷無數次錯過與重遇以後，最後以一場婚禮做為彼此的成人禮。

02 ◆ 人生是一個徘徊於不斷擁有與失去的過程。

「原來有些東西要等到失去了，
才知道自己曾經擁有。」

——《薰衣草》

失去一個人以後，彷似餘生無多，熟悉的習慣好像都失去了，連呼吸這般簡單的事都遺忘了。從他離開的那一天開始，時間就再沒有流動，日子一天一天的過去，不知為什麼而活，也不知每天能期待些什麼。直到有一天，雖然仍心有餘悸，但開始打從心底裡確切的感受到慢慢地好起來，那個纏繞很久的執念逐漸釋懷。終有一天，不再被沉重的思念壓逼，而是把他放在一個永不忘記，偶爾會想起，但也不會覺得痛的位置。

人生是一個徘徊於不斷擁有與失去的過程：有些人，還未知道自己擁有，就已失去；有些人，在失去以後學會珍惜。在追尋還未得到的同時，會失去現在所擁有的，有時候以為緊握擁有的就不會失去，但在困守原地時也給丟失了。人大了就會發現，沒有什麼能夠保存或維繫一輩子。成長是痛的，總是得不到想要的，失去本以為屬於自己的。失去很痛，卻會讓我們因此而成長，學會不再執意追求不屬於自己的人和事。

珍惜比我們想像要困難得多，尤其得知事情有期限後，才會醒覺要珍惜。我們都想要得到「永遠」、「一輩子」，但真正的永恆就是珍惜我們擁有的。我們都不能避免失去，與其承諾永遠，不如珍惜當下還在手裡緊握的一切，學習不要只看自己失去了什麼，而是看還擁有些什麼，記下當刻的一分一秒好好珍惜當下這一切，就已是活著最大的擁有了。

《薰衣草》2000

導演、編劇：葉錦鴻

主演：陳慧琳、金城武

電影簡介：沒有愛，我們不復存在。故事講述香薰治療班導師Athena對男友的過世一直不能釋懷。有天一名自稱是「天使」的男性從她的屋頂掉下來，Athena決定收留受傷的天使，直至他康復。天使每天要以「愛」維持生命，於是他們每天穿越大街小巷去尋找「愛」，隨著日子過去，在相處中彼此也逐漸得到康復。

03 ◆ 人生最痛的不是擁有過後失去，而是失去後沒有勇氣再追尋。

「有一瞬間我好像擁有了一切，

但一轉眼又失去了。」

——《神鬼奇航：死無對證》

人生的每個章節都有「失去」的情節，體現由擁有到失去：從愛人離棄到放棄愛情，從親人離世到失去依歸。這一連串的失去，我們也只能硬著頭皮撐過去。時間的失去，只要不曾浪費，這一刻未能完成的，還是有時間能再做好；愛情的失去，得之我幸，失之我命，沒能強求，也不用為失去而害怕再次擁有。如果失去是難以避免，但求有珍惜過所有失去前的時刻。

人生往往要花許多努力才能得到自己所想，可是瞬間就能失去所有，一切重要的事情都會在失去以後，在心中留下一個永不磨滅的痛楚。人生最痛的不是擁有過後失去，而是失去後，沒有勇氣再追尋。所謂勇敢，就是勇於把失去的找回來，讓自己重新擁有，然後永遠不會再丟失。

生命中最令人痛惜的也不是失去，而是不能再擁有。我們失去的不只是一個人或一件事物，同時也是失去了部分的自己，因為深愛，所以把自己的一部分也聯繫起來。失去後，當下的痛苦是確實存在，而且沒有辦法從其掙脫，只能隨著時間，在悲傷中一片一片把自己重組起來。

《神鬼奇航：死無對證》

（Pirates of the Caribbean: Dead Men Tell No Tales）2017

導演：喬奇姆・羅寧（Joachim Rønning）、艾斯班・山柏格（Espen Sandberg）

編劇：傑夫・內桑森（Jeff Nathanson）

主演：強尼・戴普（Johnny Depp）、哈維爾・巴登（Javier Bardem）、凱亞・絲柯黛蘭莉歐（Kaya Scodelario）、奧蘭多・布魯（Orlando Bloom）

電影簡介：犧牲往往是因為愛而甘願做出的決定。故事講述薩拉查船長被困於「魔海三角洲」，所有途經此處海域的船隻都會受到詛咒。意外遇到薩拉查船長的亨利為了傳遞口信並幫爸爸威爾破除詛咒，展開尋找傑克・史派羅之旅，在過程中與聰明的天文學家卡芮娜相遇，二人一同找上了傑克，踏上一場驚險的迷航。

P5 PLUS
HP5.

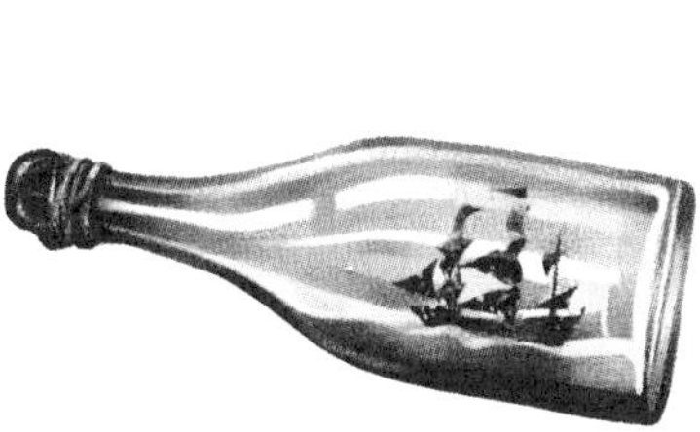

04 ◆ 即使拚命地把自己掏空去給予對方，仍得不到他的一個正視。

「我原本以為親眼目睹自己喜歡的人愛上另一個人會很難受。想不到當看到自己喜歡的人失去一個人的時候，會更難過。」

——《陪安東尼度過漫長歲月》

我們大多以為，愛情裡最痛的是得不到一個人，其實看見他痛苦，你在旁卻不能做任何事，這才是最痛的。還有一種痛是，他為一個人而傷心，但這個人並不是你，心痛別人的心痛，這種痛楚也不輕。我們大概都無法設身處地去感受別人的切膚之痛，在嘗試理解的過程中，會幻想許多，愈想，情緒負重就愈多了。別人的痛我們不懂，只能讓他們知道我們不會離開。

因為愛，所以遇見最執著的自己。遇上他的那一刻，才發現世上竟有著一個自己這麼想得到的人，愈是執著，愈是感到無比痛苦。喜歡永遠不是付出多少就能得到，相反地可能換來討厭，即使拚命地把自己掏空去給予對方，仍得不到他的一個正視。

喜歡一樣東西但得不到，這就是遺憾美。小時候你會因得不到想要的東西而感到失落，長大後亦同樣，慢慢你會學懂，得到與得不到之間藏著了一份「遺憾美」。生命中總會出現一個你很愛，卻始終沒法在一起的人：可能彼此了解，卻敗給時間的考驗；可能備受看好，事實上什麼也不是。正因為不曾在一起，才沒有分離。他，永遠是你記憶中的美好，不曾因為一段關係而破壞根深柢固的感情。這一路上，會錯過很多人，也會錯過很多段關係和感情，但請不要錯過他們帶來的遺憾美。

《陪安東尼度過漫長歲月》2015

導演：秦小珍

編劇：錢小蕙

主演：劉暢、白百何、唐藝昕

電影簡介：走過人來人往的人生，只是為了要在這世上留下一點活過的痕跡。故事講述安東尼由二十歲到二十三歲、從大學到工作、從國內到國外的生活以及對生命的真誠感悟。從對愛情與夢想的追求下，流露出你我或有共鳴的青春落寞成長故事。

失望

失望常在，不論是對世界不斷的失望，還是努力過後對自己未能如願的失望，抑或是害怕令別人失望……種種的失望都讓人對生活持續的恐懼，讓人無法再做得更好。或許我們都患上過度努力的後遺症，有時候並非沒有努力，只是事與願違地一再落空，更會因此懷疑自己的能力。失意的時候可以儘管的悲傷，宣洩快要滿溢的負能量，但不要懷疑自己的堅持是否值得。美好就藏於堅持背後的角落，為著對的事情，我們不著急，不慌忙，靜候屬於我們的美好出現。當雲霧散去之後，太陽一直都在。

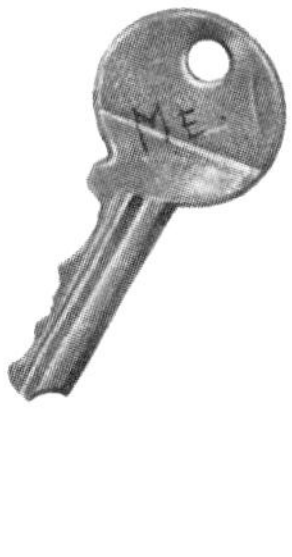

05 ◆ 失望常在，重要的是要從希望與失望之間取得完美平衡。

「如你預期會失望，就永遠不會真正的感到失望。」

——《蜘蛛人：無家日》

當世界不斷讓我們失望，生活也只剩下失望的時候，就不想再相信希望。寧願保持悲觀，也總好過嘗到從高處墮下的失落。可是，即使無法得到完美無憾的結果，我們也要笑著面對，才能為自己的人生帶來一點救贖。失望常在，重要的是要從希望與失望之間取得完美平衡，這才是人生應當追求的領悟。當世界讓我們失望，當現實讓我們崩潰，唯有心中的意志能讓我們絕不放棄希望，亦只有心中擁有希望，才能無懼黑暗。

人總是對所有事情有無盡的「以為」，太多的假設和太大的期望，會令我們看不清事實。當過於執著，而事情與預期有出入時，便會令自己陷入無邊的痛苦和失望；適當地審視自己的期望，能有助認清現實，放下預期的心理，減少導致我們不快樂的原因。

成長其中一個很重要課題，便是要讓我們知道付出不一定有收穫，只要盡力了，過程中一定能得到預期以外的東西。我們偶爾會因結果而失望，重要的是當中那份前所未有的努力與熱誠，會一直帶領我們朝成功的道路進發。

我們總是計畫太多，而忘了要好好活在當下。珍惜每分每秒，只有現在才是我們真正擁有的。只要用心感受，總有一刻會讓我們感到永恆。人生中有太多的變數，再多的計畫也應對不了突發的意外，但至少在那些令人失望與無助的意外中，我們是在一起的，願意分擔彼此所有的悲傷，從大家身上再次獲得力量。

《蜘蛛人：無家日》（Spider-Man: No Way Home）2021

導演：強．華茲（Jon Watts）

編劇：克里斯．麥肯納（Chris McKenna）、艾瑞克．桑默斯（Erik Sommers）

主演：湯姆．霍蘭德（Tom Holland）、千黛亞（Zendaya）、班奈狄克．康柏拜區（Benedict Cumberbatch）、雅各布．貝塔隆（Jacob Batalon）

電影簡介：人要在失去依靠和幫助下才能茁壯成長。身分被公開的蜘蛛人，請求奇異博士幫忙，施展強大的遺忘咒語，卻不小心打開了多元宇宙大門，引來平行宇宙中各個蜘蛛人的敵人一同前來攻擊，不只令狀況變得混亂，更令好友與情人一同身陷險境。

06

◆只要每天都全力以赴，還是能夠成為理想中的那個自己。

「人必須承認自己會犯錯，才可以愛自己、愛別人。」

——《醉好的時光》

人很容易會被過去犯下的錯誤給綑綁，終生背負那些無形的心理壓力，生怕再次在別人心中留下永遠不能被原諒的罪名，於是每天都戰戰兢兢。不是每個人都有承認錯誤的勇氣，犯錯過後帶來的羞恥感是難以面對的，亦害怕從此被冠上犯錯的罪名，背著沉重的罪人包袱活一輩子。

每個人都有人性的缺失，偶爾犯錯並不代表天性壞，只是在尋找自我的過程中迷了路，一時未能找到方向而已。無可否認，失敗能帶來成長，只要我們願意去面對，而非從錯誤中逃走。縱使犯下的錯可能無法彌補，我們也要懂得從愧疚中重新認識自己，才能避免再一次的犯錯和傷害別人。

錯過或犯錯都是可惜也可恨的經歷，但我們總能以另一個方式回到正確的道路中。發生過的事情無法挽回，也永遠無法改變，只能盡我們所能，活在當下，珍惜當下的每一個選擇，活好當下的每一刻就能創造更好的未來。

重複犯錯只是沒能認清自己，請不要因此喪氣，因為每一個錯誤都能成為成長的關鍵。如果每次都能從跌倒中得到重新站起來的勇氣，那麼犯點錯，使我們得到成長，也許犯錯並不全是壞事。我們在迷惘與挫敗中可以難過，但不要灰心。只要每天都全力以赴，還是能夠成為理想中的那個自己。

P5 PLUS
HP5
38

《醉好的時光》（Another Round）2021

導演：湯瑪斯．凡提柏格（Thomas Vinterberg）

編劇：湯瑪斯．凡提柏格（Thomas Vinterberg）、托比亞斯．林道赫姆（Tobias Lindholm）

主演：邁茲．米克森（Mads Mikkelsen）、湯瑪斯．博拉森（Thomas Bo Larsen）、馬格努斯．米蘭（Magnus Millang）

電影簡介：剛好的酒精能讓我們看清真正的自己，亦有勇氣說出真相。故事講述四位現職老師感覺生活之味，合計展開一場小實驗：每天上課前飲用指定分量的酒，測試酒精能否重振他們對生活的熱情。他們的生活似乎真的有所起色，便決定調高分量，為了找回自己而豪飲一番。

07 ◆ 我們為自己尋找陽光的同時，總忘了也需要尋找陰影處。

「我們都曾受過傷，
才能成為彼此的太陽。」

——《陽光普照》

我們總以為自己可以給予別人陽光普照的溫暖，卻忘了過量的鼓勵，只會讓人猶如站在熾熱的陽光下痛苦難耐。一句「加油」容易，一些大道理隨便就能琅琅上口，但我們真正需要的或許是超出言語、實際上的陪伴。

陽光看似公平卻十分殘忍，每個人都需要一些能避開炙熱太陽的時刻。陽光太大，一切都無所遁形，傷害了彼此也不自知。我們為自己尋找陽光的同時，總忘了也需要尋找陰影處。人總是在黑暗中成長，學會在陰影處生活，變得堅強勇敢，因為有陰影的地方，才有光。

我們每個人必然都是痛苦的活著，很多人表面堅強，但內心有著難以獨自承受的苦況。當有苦難言又怕麻煩別人的時候，陪伴就是我們唯一能提出來、最大的祈求。陪伴的力量大於一切，在不知不覺中就能使分擔痛苦的效果倍增。

活著是要好好照顧所愛的人，但也別忘記好好的照顧自己，情緒總要有個出口讓它抒發出來。在一個密不透風的黑暗環境中，光是進不來的，只有出現缺口後，缺口就成為唯一能令光透進來的地方。心裡苦，卻不說，只會讓痛楚累積起來，久而久之積累成疾。我們可以陪伴別人度過難關，也要打開心扉讓別人陪伴我們，互相陪伴才能一起一步步走過低潮。我們即使不完美，有稜角、有缺陷，但還是最好的自己，一樣有價值，不要因為自己不一樣而排斥自己，願意分享自己的不一樣，方可幫助大家變得更完整。

《陽光普照》2020

導演：鍾孟宏

編劇：鍾孟宏、張耀升

主演：陳以文、柯淑勤、巫建和、劉冠廷、許光漢

電影簡介：悲歡離合中保留愛自己的溫柔，活在陰影下幸有彼此的理解與陪伴。故事講述平凡的一家四口，叛逆的小兒子阿和與好友在一場意外中傷了人，被判入少年輔育院；阿和的女友卻於此時因懷孕而來到阿和家求助。家中一切希望似乎寄託在優秀的大兒子身上，但看似完美又陽光的大男孩，卻有著不為人知的陰暗面。

08 ◆ 愛的枷鎖讓人沉醉其中，即使多痛還是離不開。

「你要不是在傷別人的心，別人就會傷你的心，難道就沒有雙方都不會受傷害的方法嗎？」

——《愛的過去進行式：P.S. 我仍愛你》

我們相愛，但又互相傷害。愛的枷鎖讓人沉醉其中，即使多痛還是離不開，愛過了也怨過了、恨過了，才明白愛一個人真的好不容易，愈是想要去理解，愈會更混亂；愈是想要避免受傷害，愈不能享受當中的愛。愛大概是一件即使盡力還是有可能沒法繼續走下去的事情，愛一個人同時賦予他傷害自己的權利，被愛的人或許也是痛苦的。最終能否因愛而得到救贖，就看誰能經歷萬千傷害仍然不離不棄。

愛情是一件直接，又很殘酷的事，我們總會不小心地傷害了對方和自己。在一段關係中，我們就像面對一塊鏡子，從對方身上會看到自己很多的不足和優點；行為也是雙向的，以為是傷害對方，自己也會在無意間受到傷害——看見自己深愛的人痛苦，自己同樣也會感到痛苦。

終有一天，我們會分開，不是因為不愛，而是因為愛讓我們互相傷害，所以甘願放手讓彼此回到最舒適的狀態。在我們不在一起的日子，可能會互相想念得痛不欲生，亦會後悔從你身邊逃開，但相信時間會使傷口癒合，即使那無痕的表面下仍是一處不能治癒的爛肉，我們也只好為愛而默默忍受。當我們只剩下「我」跟「你」的時候，一切都會好的，對嗎？

《愛的過去進行式：P.S.我仍愛你》
（To All the Boys: P.S. I Still Love You）2020

導演：邁克爾・菲莫格納里（Michael Fimognari）

編劇：蘇菲亞・阿爾瓦雷斯（Sofia Alvarez）、J・米爾斯・古洛（J. Mills Goodloe）

主演：拉娜・康多（Lana Condor）、諾亞・森迪尼奧（Noah Centineo）、喬丹・費雪（Jordan Fisher）

電影簡介：經歷過錯誤，才會知道正確的方向。故事講述勞拉和彼得因假扮情侶而結緣後，正式交往並進行了第一次約會。可是，勞拉曾暗戀過的青梅竹馬突然闖進她的生活，令她面臨情感上的重大抉擇與考驗。

09 ◆ 我們都用相遇學懂去愛，用別離學會去珍惜。

「你每天遇上千萬人，沒有一個能真正觸動你心，最終你會遇到一個人，你的人生就從此改變。」

——《愛情藥不藥》

每個尋找愛情的人都患了病，愛情正是一種藥，能使人得到安全感和擺脫不安，但不是每段愛情都能治療你的病症：有些服用過後會有後遺症，留下傷痛；有些能短暫令你忘記痛楚，擁有一刻快感，醒來後卻發現根本沒有被治癒，最後飽經無數次失敗，才找到一顆能使你痊癒安好的藥。

有些不經意的相遇，卻讓我們感到一種說不上來的熟悉感，就像經歷了一輩子的苦難，只為等待與對方相遇。在匆匆人生中，我願意為你停留，是因為你讓我看得到未來幸福的模樣，令我相信愛是唯一可以穿越任何阻礙、讓我們無所畏懼的強大力量；讓我想要更努力的存活在這個世上，為著我倆的未來而奮鬥。

既然人生注定要變老，我想與你一起，培養出笑而不語的默契，交換真心相待的陪伴。幸福無法計量，唯有分享才能加倍享樂，能找到彼此就是世上最大的奇蹟，讓我們一直把奇蹟延續下去，直到再也睜不開眼。

我們都用相遇學懂去愛，用別離學會去珍惜。身邊的人來來去去，為的就是填補我們生命中的空白，有些人匆忙的遇上，有些人淡然的告別，每當以為遇上一個能永遠填補缺口的人，誰知他的離開卻帶來更大的缺口。但能確定的是，每一個相遇都能使我們更認識自己。在那些同行的日子裡，成為了彼此生命中不可磨滅的痕跡，為對方漸漸勇敢起來去完成不敢做的事，繼而成就一個更好的自己。

P5 PLUS
HP5

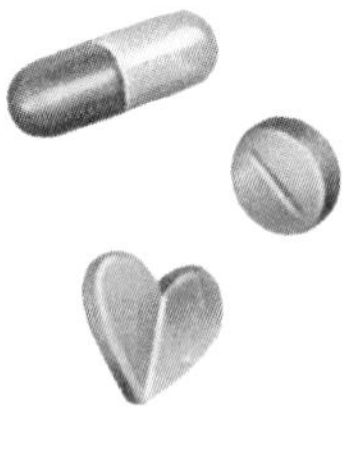

《愛情藥不藥》（Love & Other Drugs）2010

導演：愛德華・茲維克（Edward Zwick）

編劇：查爾斯・蘭道夫（Charles Randolph）、愛德華・茲維克（Edward Zwick）、馬歇爾・赫斯科維茲（Marshall Herskovitz）

主演：傑克・葛倫霍（Jake Gyllenhaal）、安・海瑟薇（Anne Hathaway）

電影簡介：無法去愛和不想去愛只不過是不想在愛情裡受傷的藉口，既然注定要受傷，何不痛痛快快的愛自己所愛，努力成為對方唯一的解藥？故事講述情場高手傑米遇上了年紀輕輕卻患有帕金遜症的藝術家瑪姬，二人對於要性不要愛的感情態度一拍即合。隨著相處，他們發現自己的內心並非如此，二人需要面對的不只是愛，更是自己的真心。

10◆想要成為你的唯一，而不是幾分之一。

「每個人在生活上都想感覺到自己很重要，重點是，
不管他們有多重要，永遠都會出現另一個比他還重要的人。」
——《成長邊緣》

每個人心中，對於每件事或每個人都有一個優先次序，按排名來分配自己的時間。我們都想要成為其他人心中最重要的那一位，想要永遠排在首位，因為我們都不想被忽視、想得到關注下的愛。比起想要得到更高關注度，我們更害怕的是排名錯配的落差。我們都希望對方心中的排序與我們是同等的，可是世上重要的事情可多了，為了防止受到傷害，最好不要自視過高，把自己放到很高的位置，也別要求別人把我們放到第一位。也許他們就是沒有那麼的愛，也許這就是關係中的殘酷。

想要成為你的唯一，而不是幾分之一。長大後發現很難去愛，我們往往過分在乎一個人，亦渴望被在乎而受到莫大的傷害，因而無法重拾對愛的信心。

在愛一個人時，我們經常談及應不應該、值不值得，因為我們都相信自己付出的不比對方少，我們都深信自己值得被愛，可是最在乎的往往才是最容易被遺留下來的。我們無法透過努力去獲取一個人的愛與重視，關係是來自於雙方的經營與付出，但愛一個人從來都是自己的事，懂得愛人，不一定懂得維繫關係。

《成長邊緣》（The Edge of Seventeen）2016

導演、編劇：凱莉．弗萊蒙．克雷格（Kelly Fremon Craig）

主演：海莉．史坦菲德（Hailee Steinfeld）、海莉．盧．理查森（Haley Lu Richardson）

電影簡介：我們都是格格不入地活在這世上，只要找到屬於自己的方向，還是能夠活出專屬自己的獨特色彩。故事講述十七歲高中少女娜丁父親離世，與母親、哥哥關係不和睦。她的唯一好友克莉絲塔在一次意外後與娜丁的哥哥開始交往，令娜丁感覺自己被背叛。後來經歷了不同的失去，娜丁意識到只要珍惜現在擁有的生活、父母、朋友和那段差點錯過的愛情，保護好心底最柔軟的真性情就足夠了。

11 ◆不想要留下遺憾，就要拚命地避免製造遺憾。

「這個世上，有些人怎麼努力也不成功，但是不要恥笑一直在努力的人。」

——《乒乓少女大逆襲》

努力是一種讓自己的生命充滿活著意義的事情，或許我們每一個人都很平凡，但也可以為自己的人生而瘋狂；不想要留下遺憾，就要拚命地避免製造遺憾，我們都知道有些事情如果現在不做，就一輩子都不會再有機會去嘗試。

人生不過轉瞬，是活用還是浪費，也只是當下一個簡單不過的決定。我們選擇努力，不是為了得到別人的認同，而是希望對得起自己的人生。世上的所謂奇蹟也只是努力換來的成果。即使我們有多平凡和渺小，也要在生命終結前，為自己好好瘋狂努力一次。

也許我們無論有多努力，還是離心中的好很遠；無論有多不甘，還是要目送成功，迎來盡力後的失敗。想著只要規行矩步，就能圓滿地過這一生，可是變化總是逃離一切計畫找上來；想著只要低調行事，就能安然無恙地避開所有紛爭，可是仇恨是從來沒有任何原因。活在這個充滿惡意的世界裡，做好自己是永遠不夠的，還需要內心足夠強大，學會從傷痛中更愛自己，才能不被傷害。

生命太短暫，我們都只能活一次。每個人都有做夢的權利，卻不是每個人都有實現夢想的勇氣；長大後，可能連說出夢想的勇氣都失去了，害怕得不到身邊朋友的支持，害怕會改變現時的狀況。但夢想錯過了，就難以再有實現的機會了。生命是一直走向終點的旅程，錯過了的我們就只有後悔。太多卻步只是因為缺乏接受失敗的勇氣，只有曾經真正追求過夢想，才算為自己的人生奮鬥過。

《乒乓少女大逆襲》（ミックス。）2017

導演：石川淳一

編劇：古澤良太

主演：新垣結衣、瑛太

電影簡介：汲汲營營的迷失人生中，追求的不只是成功，更是盡力無悔的奮鬥過程。故事講述多滿子擁有驚人的乒乓球天賦，卻因母親過度催逼，而對乒乓球生厭。多滿子經歷了失意的平凡生活後，意志消沉的回到老家，卻發現媽媽創立的乒乓球俱樂部快要倒閉。為了奪回所有，多滿子與新成員萩原率領所有人一起參加全國乒乓球混雙大賽。

12◆世上沒有什麼比起失去自己更可怕。

「有的時候我真的不知道自己是誰，我覺得很孤獨，
我有時候覺得自己一張嘴，全世界的人都等著看我的笑話，
很多事情永遠都想不通。」

——《被偷走的那五年》

人生中覺得自己最沒用的時候，不是面對失敗，而是無能為力去改變現況。一直想要討好每一個人、害怕被討厭，但太用力反而失去自己，太害怕反而無法成為讓別人喜歡的人，甚至連自己也無法喜歡上自己。其實早已經沒有理由要努力做好，可能只是想找個偉大的藉口來消耗自己的努力。但就這樣活在失敗中，承認永遠做不好，真的好嗎？

我們都以為努力就會成功、付出就能得到喜歡，卻忘了世上事與願違總比得償所願的多，很容易就掉進「愈努力愈墮落」的無限輪迴當中——愈努力付出一切，換來的結果偏偏不如人意，不知不覺就心累了，每次再想要努力的時候，能付出的心力變得更少，當怎樣努力也不足以換來別人的肯定時，就會在別

人的失望中失去了自己。

終究是我們不認同自己，才會拚命追求別人認同，把自己的價值建基於別人之上。或許我們都很脆弱，對自己沒有信心，加上外界批評的聲音，而漸漸失去最原本的自己，只會滿足別人的期待。「還不夠好」是我們進步的動力，不應該是無形的壓力枷鎖。比起不被認可、無人理解，世上沒有什麼比起失去自己更可怕。

《被偷走的那五年》2013

導演：黃真真

編劇：黃真真、侯穎桁、杜光庭、鄭善瑜

主演：白百何、張孝全

電影簡介：我們並非天生懂得愛人，一次次的錯過與失去，才能成就今天的我們。故事講述事業有成且有個美滿家庭的何蔓，從昏迷醒來之後，喪失了近五年內的記憶。她所認知的一切全都經歷了重大的轉變：與關係親密的丈夫謝宇離異，也與多年的好友反目成仇。與前夫一同尋回這五年生活的點滴線索之際，二人的感情又能否一起回到最初，找到彼此的初心？

P5 PLUS
HP5

ME

在乎

世界上真的有人永遠在乎我嗎？我的在乎能換來別人的在乎嗎？在乎這件事，本來就是有點痛。不論是自己在乎，還是不被在乎，同樣會受到莫大的傷害，於是我們學會掩飾自己的在乎，以為假裝不在意就能避免受傷，可是這樣痛得更揪心。放不下的，永遠都受傷最深的。縱然如此，我還是期許自己依然能給予在乎，還是期待有人能在乎我的在乎。

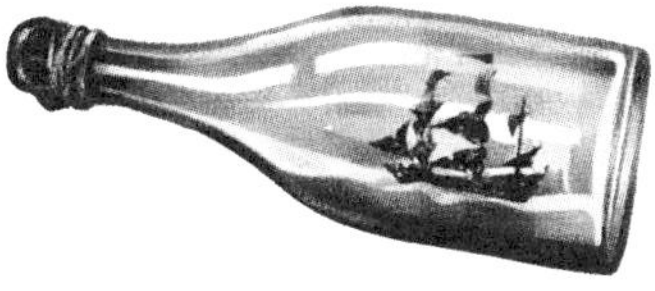

13 ◆ 生而為人的意義就在於，如何在黑暗中得到希望和走下去的勇氣。

「不要再問我你還好嗎，
我會想辦法好起來，
好好跟你一起活下去。」

——《瀑布》

你知道嗎？人生大部分時間都是悲傷的，快樂留不住，只有難過殘存在記憶中。有時候感覺自己經常犯傻，總是深刻的記著那些微不足道、別人都忘得一乾二淨的小事，那些僅餘的、快樂的小事，努力在眾多悲傷的回憶中屹立著。可是，快樂似乎永遠掩蓋不了悲傷。受傷的那一刻，我們都記得清清楚楚，終日徘徊在那段悶悶不樂的回憶中，不知道在等待什麼、期待什麼。

長大後，覺得「樂觀」、「正能量」這些正面的字詞與自己愈來愈遠了，畢竟悲傷的力量要大於快樂的，快樂只能停留一瞬間，悲傷中的痛是會記得一輩子。有人說分享快樂能夠傳遞正能量，但原來分享悲傷，不但沒有增加別人的負擔，反之好像成為了彼此當刻的擺渡人，共同期待著悲傷消散的一天。負能量並不可怕，承認脆弱的存在，與自己的陰暗面共存，重要的是找到讓自己喘一口氣的空間。

痛苦伴隨著人生的每一個階段，活著就是會被痛苦折磨，並留下永不褪色的疤痕，提醒自己未來要活得更好，懷著過去的不幸，追尋未來的幸福。倘若人生是以悲傷與無奈組成，生而為人的意義就在於，如何在黑暗中得到希望和走下去的勇氣，如何在痛苦之間，為自己加一點甜味。

《瀑布》2021

導演：鍾孟宏

編劇：鍾孟宏、張耀升

主演：賈靜雯、王淨

電影簡介：那些別人無法體會的痛，說不出口的苦，能有一個暫存庫好好的把這份痛苦承載嗎？故事講述在疫情爆發下，人人自危，人心逐漸變得冷漠疏離，羅品文與丈夫離婚後，與女兒王靜在公寓一起生活。女兒班上同學確診疫症後，在家過著居家隔離的生活，母親也請假陪同。隨著二人矛盾頻頻，母親逐漸患上思覺失調，女兒也從叛逆的少女被逼一夕長大。

14 ◆ 總是害怕失去，於是拒絕擁有。

「我一生從來都不想擁有任何事情，
因為我無法承受失去之痛。」

——《時空旅人之妻》

在乎是失去一個人或一件事物的開始，就像是我們手中握著沙子，因為在乎、珍惜、不想失去，所以握得非常緊。可是握得愈緊，沙子愈是拚命的從指縫裡溜走，愈是在乎，愈是事與願違；愈是重視，愈是患得患失。我們不會為失去不在乎的事物而感到可惜，甚至沒察覺到失去；只有曾在你心裡留下一席重要位置的某人某事，失去後才會感到無所適從的痛，亦只有這樣，才能證明我們曾在乎過。

我們總是害怕失去，於是拒絕擁有，這種內心最大的恐懼讓我們寧願承受孤獨，表面偽裝起冷漠、遠離人群，把自己的真心封閉起來也只是為了避免傷痛，只要有人過於接近，就會感到無比不安。可是活在這個互相傷害的世界裡，不是不在乎就不會受到傷害，內心的傷痕也不會因此而褪色。若我們沒法避免傷

P5 PLUS
HP5

痛，何不活在當下，利用快樂的力量，去抵擋傷口的痛楚？

世上沒有完美的愛情，但遇上了你，令我相信自己可以變得更好。愛一個人讓我們感覺到真實感，學會計畫一切，不再只為自己打算，並懂得把自己的愛分給另一個人。愛亦讓我們有了恐懼，害怕追尋過後的失去；愛同時讓我們獲得了勇氣，縱使害怕失去，也不會因此而卻步，放棄得到的機會。愛就是注定受傷、會痛，也想勇敢地闖一回的事情。

《時空旅人之妻》（The Time Traveler's Wife）2009

導演：勞勃．史溫凱（Robert Schwentke）

編劇：布魯斯．約爾．洛賓（Bruce Joel Rubin）

主演：艾瑞克．巴納（Eric Bana）、瑞秋．麥亞當斯（Rachel McAdams）

電影簡介：因害怕失去而拒絕擁有，最終只會得到寂寞。故事講述亨利因車禍導致身體產生變化，無法控制地穿梭於他不同年齡的時空之中。亨利為此決定終生不愛，當一個寂寞的時空旅人。在一次次的時空跳躍中他不斷遇上克萊爾後又再錯過，亨利明白他與克萊爾的愛情或許是天生注定的緣分。

15 ◆我們都只顧付出，而忘了審視所有的付出是否值得。

「原來當你喜歡的人，
對你說他不愛你的時候，
你的心真的會很痛。」

——《我老婆未滿十八歲》

愛上一個人是不知不覺，沒有因由的，可能只是一個簡單的眼神交會，或是他成為你眼中有別於其他人的存在。愛上他的同時也愛上了自己對他的執著，眼中只想無限放大他的優點，而缺點全都想包容。愛一個人的心情就是這樣的矛盾：愛他，雖然快樂，但帶有痛苦；不愛他，比起愛他的痛苦還要痛苦，更會失去人生意義。在愛面前，總是無能為力地束手就擒。

愛情是一件永遠說不清、看不透的事情。有人默默用一輩子去守候一個人，只為等待他回眸的一瞬間；有人用所有青春去報復一個人，以為恨意能毀滅對方，最終毀滅的卻是自己；有人用一生去為一個人奉上自以為最圓滿的愛，結果對方還是先行離開。

長大後才發現這個沒法抵賴的殘酷現實——儘管我們都很努力，但努力不足以得到我們想要的，愛情還是一直在遙遠的他方。我們永遠無法挽回一個不懂珍惜我們的人，只是當局者迷，我們都只顧付出，而忘了審視所有的付出是否值得。等不到的「剛好」，就暫且放下吧，畢竟我們有多用力，就有多痛，而世上沒有值得你放棄自己去交換的愛情。

愛一個人不需要有強大的理由，只需要勇敢的行動，但相愛卻需要兩個人剛好願意同等付出。但願我們都能在歲月靜好之時，遇到那個剛剛好的人。即使還未等到亦不灰心放棄，仍然自信地去迎接下一個對的他。期望我們都能在愛情來臨的時候不退縮，在愛情離開的時候也不自棄。

《我老婆未滿十八歲》2002

導演：阮世生

編劇：阮世生、陳慶嘉、羅耀輝

主演：鄭伊健、蔡卓妍

電影簡介：愛情中的不對稱，成就最完美的我們。故事講述三十歲的張十三，是女子中學的代課教師，十八歲的學生Yoyo是他指腹為婚的對象。他們為了圓長輩心願，逼不得已去註冊結婚。有名無實的夫妻關係經過在學校的種種誤會後，才發現彼此是真心的愛護對方。

16 ◆ 比起真的堅強，更需要的可能是假裝沒事。

「我明白那種渺小又微不足道的感受，
就算遍體鱗傷也要故作堅強。」

——《戀愛沒有假期》

長大後其中一個獲得的超能力就是「裝」。事實上，我們都愛裝：裝開心、裝沒事、裝作不在乎，一個又一個面具不斷增加，我們彷彿都忘了自己真正的樣子，隱藏起真正的性格和情感，變成機械人般無感覺地活下去。或許我們都討厭這樣的自己，只是過往的經歷讓我們知道，只有偽裝，才能在人群之中不顯眼地活得平安。我們都同樣在等待一個能看穿我們偽裝的人出現，有幸遇上，或能暫時放下面具喘息；等不到，就這樣埋藏於大氣中不讓別人發現。

比起真的堅強，我們更需要的可能是假裝沒事，只是不想讓別人看到脆弱的一面。如果可以的話，我也不想堅強，所謂的振作只是演給別人看的戲碼。伴隨成長而來的似乎是更懂得偽裝自己，而非真正裝備自己，當面對不想要承受的事情時，唯一能做的不是逃避，而是假裝不在乎，沒關係的輕輕帶過。

所謂的成長，就是追求一個完整而非完美的自己，其實我們都不用依靠誰來完整生命。誰也會離開，戀人說散就散，感覺消逝的速度比歲月催人還要快，朋友會走遠，親人也會有百年歸老的一天，最終在生命軌跡留下來的也只有自己而已。只有內心真正的變得強大，而非塑造出來的「堅強」，才能使我們成就最圓滿的自己。面對不完美，重新回到生活的正軌才是真正的勇敢，那些殺不死我們的挫折，只會令我們更堅強。

《戀愛沒有假期》（The Holiday）2007

導演、編劇：南希．梅爾斯（Nancy Meyers）

主演：凱特．溫斯蕾（Kate Winslet）、卡麥蓉．狄亞（Cameron Diaz）、裘德．洛（Jude Law）、傑克．布萊克（Jack Black）

電影簡介：不正確的愛情猶如沒有營養的垃圾食物，不但增加負擔、消耗精力，更讓你備感寂寞與心酸。故事講述電影預告片公司老闆亞曼達發現男友劈腿而分手。另一方面，居於鄉村的專欄作家艾莉絲一直迷戀只當她是備胎的前男友。同樣面對感情困境的二人於網上結緣，決定進行「換屋」，到一個沒有人認識自己的地方度假療傷。

想念是一種最寂靜的張狂，

明明排山倒海，傾盆而瀉的想念著，

仍然任由那份歇斯底里的感覺一直侵襲，也不願作聲，

想到會疼痛，念起會無力，

卻總是說不出一句「想你了」。

17 ◆ 愛一個人就像賦予對方傷害自己的權力，在乎成了最大的籌碼。

「你就是仗著我愛你，
就對我為所欲為。」

——《限時好友》

愛一個人就像賦予對方傷害自己的權力，在乎成了最大的籌碼，使我們再也離不開對方，也讓傷害我們的人，欲罷不能地駐足在我們的生命。永無止境的等待、一再落空的承諾、不斷被忽略的需求，這一切都讓我們的在乎顯得可笑。

我們的喜歡確實沒有那麼廉價，只是在付出愛時，忘了要多愛自己一點，在收到留下的些微線索時，缺乏離開他的勇氣。在愛情面前愈是患得患失，愈顯得卑微，想要踏出一步表達愛意，又怕連基本的朋友關係也會失去，想要表達在乎，又生怕對方厭煩，最後愈來愈歇斯底里，得不到想要的關注和珍惜，亦失去了快樂。我們是時候該承認，有些人，注定只會已讀不回；有些關係，只能流於表面，停留在該停留的位置。最後，我們都只能用友誼掩蓋愛意，用「當朋友」，為幻想畫下句點。

我們是好朋友，也只能是好朋友，從來不敢跨出那無形的界線，深知一旦跨出就永遠退不回來。好朋友是個可圈可點的關係，我們肩並肩走在路上，不牽手，沒有情侶間的互動，偶然的肢體觸碰，你冷語的酸我一句，我輕輕地回你一拳，就像兄弟式的問候。我們樂在其中，永遠站在那邊界、默默地往後退。

我們有很多「一起」，一起吃飯、一起看電影、一起打電動，但卻沒有真正在一起過。為了能留住這段友誼，寧願丟下心中最大的願望，也希望永遠留在你身旁一直守候。我們肯定也是愛對方比愛自己更多，才不敢讓這段關係冒險。故事的最後，我們相擁後各自奔向故事的下一個章節，笑著為對方祝福，即使不能在一起，但心仍然為對方留下最重要的一席。

《限時好友》（Friend Zone）2019

導演：查揚諾．布普拉寇（Chayanop Boonprakob）

編劇：帕塔拉納德．比彭薩瓦德（Pattaranad Bhiboonsawade）、查揚諾．布普拉寇（Chayanop Boonprakob）、托薩蓬．提提納科恩（Tosaphon Thiptinakorn）

主演：平采娜．樂維瑟派布恩（Pimchanok Luevisadpaibul）、奈哈．西貢索邦（Naphat Siangsomboon）

電影簡介：天長地久的友誼永遠是一段愛戀萌生前的詛咒，讓人活在好朋友的陰影和恐懼下，愛不出該有的溫度來。故事講述青梅竹馬的潘跟琴兜圈多年的愛情故事。琴因爸爸外遇，一直不信任愛情；潘也在表白的關鍵時刻退縮而感到後悔。二人以朋友身分相處十多年，直到彼此的情感再也無法隱藏。

18 ◆ 受傷的你，愛上了自己的陰影，也成為了別人黑暗中的明燈。

「一段感情可以帶來這麼大的傷害，
也一定曾經帶來很大的快樂。」

——《百年好合》

有些人即使不再愛了，還是會有牽絆，總有隱形的連結在不經意下浮現。不管多用力去遠離一切，藕斷還是會絲連；以為是劫後餘生，卻只是讓餘生痛苦蔓延。那種無人知曉的寂寞、無法打斷的想念，讓人沉醉於破碎的傷口中，不想康復起來。傷口帶來的致命吸引力，會使我們愛上一個同樣受過傷害的人，讓你恍然發現原來世上有這麼一個人很懂得我。受傷的你，愛上了自己的陰影，也成為了別人黑暗中的明燈，或許我們都可以嘗試在傷害中學會保護自己和別人。

我們總對錯的人念念不忘，對我們好的人，反而視而不見，到底要有多勇敢才敢念念不忘？想起時會痛，不想時會掛念，寧願帶著還在淌血的傷口去迎接新戀情，也不願讓受傷的自己休息，害怕寂寞會更放大傷口的痛楚。

對一個人的記憶是會隨著對他的愛而變深，根深柢固的刻在腦海中揮之不去，毫不猶疑的愛上，談何容易的忘記。一直以為忘記是永遠再想不起對方，其實真正的忘記是讓他們住進心底，即使想起了，心裡也再沒波瀾。只要我們能讓過去的都過去，幸福還是會再次降臨在我們身上。

《百年好合》2003

導演：杜琪峯、韋家輝

編劇：韋家輝、葉天成、歐健兒、游乃海、戴德廣

主演：鄭秀文、古天樂、李冰冰

電影簡介：愛過痛過恨過，方知愛情真正存在過。故事講述富豪「情場傷女王」洪飛虎因縱慾過度而壞腎傷身，決定到峨嵋山求醫，被代理掌門滅絕作弄一番才真正得到調理。精神錯亂的峨嵋真正掌門李莫愁在洪飛虎離開後回到峨嵋山，要求滅絕一個月內練成「傷心斷腸劍」，否則將要殺盡峨嵋弟子。只有曾被傷害過的人，才能領悟到「傷心斷腸劍」的真諦，滅絕決定下山向洪飛虎求助，一嘗傷心的滋味。

19 ◆ 堅強不一定無堅不摧，內心依然能保持善良和柔軟的一面。

「人無法決定自己會否受到傷害，
但可以決定由誰傷害你，
而我喜歡我的選擇。」

——《生命中的美好缺憾》

倘若我受到的傷害都是來自我深愛的人，我會樂意地接受，並笑著為你而流淚。這注定是個寧願被你傷害、也不願錯過你的人生，但願一路下來，我們彼此都能不離不棄，把過去的互相傷害化作珍惜對方的耐心。

人的一生都活於選擇與傷害當中，通過大大小小的選擇，通往不同的道路。我們永遠無法避免受到傷害，但每一個傷害都來自於我們的選擇。既然不能避免傷害，那麼只能避免傷害別人。堅強不一定無堅不摧，內心依然能保持善良和柔軟的一面，對抗迎面而來的困難。

在這趟旅程當中，我們都一直努力尋找一個令我們學會堅強的人，從對方身上獲取力量，當一個為自己和別人而強大起來的人。或許長久以來的傷害令我們只願把自己偽裝起來，但終有一天我們會再次遇到一個使我們打開心扉的人，願我們都能遇得到，並且讓他們走進我們的內心。

《生命中的美好缺憾》（The Fault in Our Stars）2014

導演：喬許．布恩（Josh Boone）

編劇：史考特．諾伊史達特（Scott Neustadter）、邁克爾．H．韋伯（Michael H. Weber）

主演：雪琳．伍德莉（Shailene Woodley）、安索．艾格特（Ansel Elgort）

電影簡介：痛苦是必然的存在，若有伴同行，還是能夠承受的。只要接受痛苦的存在，它們就會變成生命中的美好缺憾。故事講述患有第四期癌症的少女海瑟對愛情充滿幻想，在她十三歲確診時，對於未能好好感受愛而變得十分消極。直到遇上因患上癌症而需要切掉小腿的陽光大男孩古斯。古斯想用生命中最後的愛去融化刻意保持距離的海瑟，令他們在有限的時間經歷無限的愛。

P5 PLUS
HP5.
OKAY?
OKAY
38

it's a metaphor

20◆遇上了是緣分，只有捉緊了才是珍惜。

「我想等一個命中注定的人出現，
然後刻骨銘心愛一場，不計得失，不計結果。」

——《胭脂扣》

想要得到一個如我這般愛著他一樣愛著我的人；想要得到一段不計付出，不問收穫的愛戀……歸根究柢，我最想要的，也只是你。等待漫長，若真的等過一個人，就會知道，等待的時間再久，還是會相信有再見的一天。

我們在這個世界尋尋覓覓，就是為了找一個認為對的人。在人海茫茫中尋找愛，就像手執一半車票，相信全世界七十多億人中必定有人拿著另外一半車票在等你。時間久了，我們或會放棄等待，甚至放棄相信愛。在我們為等待而感到灰心失意時，可能對方也正抓狂的急著想要找到你。在愛面前，絕對沒有放棄的權利。

所謂幸福，就是能與對的人走在一起，並互相珍惜，我們都不用急著為這個人去尋遍這地球，慢慢走著走著，他就會出現，只需要靜候而不要花光耐性，以信念換取等待下去的希望。我們都要相信世上總有一個人能懂我們的孤寂，在我們需要時分享快樂，需要寧靜時陪伴在旁。世上沒有天上掉下來的餡餅，只有自己創造的奇蹟，遇上了是緣分，只有捉緊了才是珍惜。

《胭脂扣》1987

導演：關錦鵬

編劇：邱戴安平、李碧華

主演：梅艷芳、張國榮

電影簡介：鏡花水月般的虛幻愛戀，或許只存在過那麼的一瞬間，唯願千般相思不會錯付。故事講述海味店太子爺十二少是個經常出入風月場所的花花公子，直到遇上了名妓如花。二人不顧家人反對陷入熱戀，在山窮水盡後決定吞食鴉片殉情，約定來世再續未了情。五十三年後，已成鬼魂的如花在陰間等不到十二少，決定回到陽間尋找他的蹤影。

成長

有時候活久了，不免會懷疑自己是否能承受生活重壓，沒有人的生活是容易的，痛苦也一直在蔓延。但我們仍然努力地活著，還是想看看自己有沒有撐過去的能耐。在感到迷惘的時候，有時會懊悔走得太急、長大得太快，感覺未曾細味日子的美好就已經錯過，但成長的報酬就是讓我們在急促的步伐中，看見世界不同的面向，一步一步走來，就會發現所有走過的都不曾白費。所謂的成長，可能就是經歷所有的失敗、挫折，失去在乎的，得不到想要的，之後仍能保持最好的心態，努力堅守自己的信念。

21◆如果可以，就這樣不變好了。

「那怎樣才算是我們已經長大了？」
「等你開始知道，不管什麼事都會變來變去的時候。」

——《月老》

如果，我們永遠學不會離別；如果，我們永遠避免不了製造遺憾，我們還能可以堅守著那唯一不變的勇氣繼續相信嗎？如果可以，我想為你寫下沒有句點的詩篇；如果可以，我想永遠也學不會離別；如果可以，就這樣不變好了。

可是，從來也沒有一成不變的事情，才讓我們鍥而不捨的去追求生命中僅有的不變，萬般複雜、變幻莫測的情感最令人沉淪，想要牢牢抓緊那虛無縹緲的感覺並堅貞的守下去。可是感覺不是堅定就會不變，人也不是用力就能留得住的。當我們經歷過變化下的心碎，能承認自己的脆弱，在面對無數次失敗和沮喪後也不放棄追尋希望時，才算是真正的長大。

那些莫名其妙的緣分，是否都是月老牽的線？那些不經意、泛起心中漣漪的視線交會，一起衝口而出的默契，讓人不住的想要留住這個對的瞬間，花光運氣來遇上那個終極對的人。一直放不下的是執迷不悟，還是愛？那個我看著你，你看著她的時刻很美，可是很悲情，悲情的角色必定換來最悲痛的結局。轉眼即逝、留不住的幸福大概要留待你們好好延續下去。人生最無奈的就是這個「大概」，下輩子，我們能衝破這些障礙去擁抱該屬於自己的幸福嗎？

長大的過程中，人是肯定會變的，站在耀眼的人旁邊，感覺自己想要變得更好了。遺憾的是我們在變得更好後，走著走著就散了——不是因為我們不愛，而是我們再也沒能在同一個世界裡說同一種話語。或許我們都會因此而成為更完整的人；或許我們今生今世不再見，但依舊是曾經陪伴彼此成長的那個人，只是後來的我們，沒有了我們，也沒有後來了。

《月老》2021

導演、編劇：九把刀

主演：柯震東、宋芸樺、王淨

電影簡介：落下千百萬個如果，都只是渴求一個與你最好的結局。故事講述阿綸從小就喜歡上小咪，長大後終於與她相戀。可是一次意外，阿綸被雷擊中身亡，與小咪陰陽相隔。阿綸遂在陰間任職「月老」累積陰德，希望來世能投胎為人。過程中他想方設法想要幫女友牽紅線，盼望有人能好好的照顧她，可是怎麼樣也不成功，不僅如此，二人更迎來陰陽之間更大的挑戰。

22 ◆ 每段荒唐的過去，都成就了現在的自己。

「我希望你能展現出自己最好的一面。」
「如果現在這樣已經是最好了呢？」

——《淑女鳥》

每個父母必定滿心希望和期待子女能做到最好，大概每個子女都想滿足父母的期待，但當發現自己已竭盡所能，仍離父母的期望很遠的時候，便會對自己失去信心，認為自己沒法再得到父母的愛。在我們成長後，就會明白不管我們怎樣，父母依舊會毫無疑問地愛我們，他們只是期盼著我們能成就最好的自己，展翅高飛。一個人必定是要得到一些經歷，才會成長；成長的過程注定會迷失，只有曾經迷失過，才會更了解自己、探索出一個最好的自己。

成長的過程中，在一些關係裡迷失，亦是必然會經歷到的事。生活中很容易過分在意別人對自己的看法，無法誠實地活下去。我們或許都曾試過為迎合他人，而強逼自己扮演別人和社會要求的「紳士、淑女」，但時間會讓我們看清自己想要的人和事，我們的內心實際上是想當一隻自由自在、展翅高飛的鳥兒。真正的美好是成為獨一無二的自己，而不是努力滿足或符合別人的期待。只有自主人生，才能成就最完整的自己。

每段荒唐的過去，都成就了現在的自己，從中可能會看到傷痛、愚笨、不堪，這些過去的里程碑都印證著我們的年少輕狂，讓我們學習從錯誤中長大，從挫折中變得更加堅強。過去已經過去，但當下和未來還是可以由我們來選擇，每一個明天都可以讓我們重新開始、做得更好。我們不應糾結和沉溺過去，而是要好好紀念及感謝，因為過去，才有現在，再有未來。

《淑女鳥》（Lady Bird）2018

導演、編劇：葛莉塔・潔薇（Greta Gerwig）

主演：瑟夏・羅南（Saoirse Ronan）、蘿莉・麥卡佛（Laurie Metcalf）、崔西・雷慈（Tracy Letts）

電影簡介：青春注定留下一些傷痛、遺憾、一個永遠記得但從未擁有過的人，這些會成為往後最美好的痕跡。故事講述居於文化沙漠般的鄉鎮、家境拮据的高中生克莉絲汀有一個紐約夢，終日渴望能逃離家鄉。為了證明自己不平凡，刻意改名字，遠離原本的好朋友，轉而親近表面很酷卻根本不投契的人。隨著高中的最後一年，不論在戀情、友誼和家人關係上，都有著爆炸性的發展，使她陷入對人生和自我的迷惘。

23 ◆ 當我們意識到每個人都寂寞，才能互相給予足夠的安全感。

「不是因為長大了，就代表我們要因此而疏遠。」

——《寶貝老闆：家大業大》

長大後，在感情上經歷失望與挫折多了，漸漸患上拒絕依賴的「情感疏離症」——不再主動付出和給予信任，明明很想關心對方的近況，總是把說話留在輸入框，遲遲不敢傳送，準備萬般理由推託。一切拒絕都是假性疏離，假裝推開每一個人，實情是希望得到更多的關心；對關愛擁有強烈的渴望，但自我保護更強，才甘願強逼自己遠離他人。

長大這回事可愛又可恨，可恨之處比較多。成長意味著失去的事情愈來愈多，即使能力變大，也不見得比之前擁有更多，尤其在關係上更是無可奈何，似乎總是敵不過時間和環境的轉變，只能默默承受別人的離去，無力挽回。我們大多都覺得每天活在「想要親近」和「想要遠離」的矛盾中，以為能好好保護自己，卻為雙方帶來更大的傷害。

在面對過種種的失去與錯過以後，我們或許都曾試過用疏離和冷漠，來壓抑內在的焦慮，逃避一切接受與付出的機會。隨著年紀愈大，寂寞就如眼鏡的度數一樣加深，但寂寞可不是換個眼鏡就能療癒、舒心，更需要一個對的人陪伴在旁。當我們意識到每個人都寂寞，才能互相給予足夠的安全感。寂寞有時，陪伴須時，所謂的安全感，就是找到一個能擁抱你孤單的人。

《寶貝老闆：家大業大》（The Boss Baby: Family Business）2021

導演：湯姆．麥葛瑞斯（Tom McGrath）

編劇：湯姆．麥葛瑞斯（Tom McGrath）、麥可．麥庫勒斯（Michael McCullers）

電影簡介：不論是拯救世界，還是修補感情，同樣危急，也同樣重要。故事講述提姆長大成人後成為一個在家照顧孩子的家庭主夫，但提姆無法了解女兒的心思，讓他感到挫折迷惘。而他的寶貝老闆弟弟泰迪在離開家庭後一直埋頭工作，與家庭失去聯繫。之後提姆發現他的小女兒原來是寶貝集團的特務，需要提姆和泰迪幫忙拯救世界，而最重要的任務是需要幫助兩兄弟重修舊好。

24 ◆ 在最不完美的世界裡盡最大的努力，便是活在世界上最完美的事情了。

「當妳年輕的時候，每件事都像世界末日，
其實不是的，這只是個開始而已。
妳也許會遇見更多壞人，但有一天你會遇到一個男孩，
會如珍寶般待妳，就像日出日落般陪伴著妳。」

——《回到17歲》

每天總會被許多小事折磨我們的生活，當下感覺如此重大的事情，到了明天也就成了昨天的事，再到了明年、後年、十年後，可能只是一件再也記不起的小事。人生就是交織著許多大大小小的事情，時常感到不快樂，皆因我們都把時間耗在小事上。我們無法預知每件事的結果，只有盡力做好眼前的每一件事，結果就順其自然吧。學習接受不完美的生活、不完美的自己，在最不完美的世界裡盡最大的努力，便是活在世界上最完美的事情了。

活著總會遇見好事情，因為活著本就是人生中最美好不過的事。死亡僅僅只能帶我們離世，而無法令情況變好；可是活著卻充滿力量。縱然會遇上低谷、碰到瓶頸，只要心還跳動，還在喘息，就有改變眼前境況的可能。活著不需要努力尋找意義，透過體驗和用心感受世界就能找到活著的意義。

生命中最幸福的事莫過於有人願意甘苦與共，攜手向著未知的未來進發。生活充斥無窮無盡的變數，總是要我們忐忑不安地作出痛苦的選擇；總是在以為滿有準備的時候出現意外；總是需要面臨一個又一個無可挽回的失去，每天營營役役，直到一天你會遇見一個讓你放心過好每一天的人，使你深信即使世界再大，自己有多渺小、多無助，眼前有多黑暗，還是有一個人願意停留、陪伴，並給你一起前行的勇氣。

《回到17歲》（17 Again）2009

導演：伯爾．史緹爾（Burr Steers）

編劇：傑森．費拉爾迪（Jason Filardi）

主演：柴克．艾弗隆（Zac Efron）、馬修．派里（Matthew Perry）、萊絲莉．曼恩（Leslie Mann）

電影簡介：人生沒有重來，但只要有心，改變永遠不會太晚。故事講述三十七歲的中年大叔麥克，高中時是籃球隊長，更有大學以獎學金邀請入學，可是女友史嘉莉懷孕，他因而放棄夢想，轉而組織家庭。二十年過後，麥克的婚姻以失敗告終，與子女關係不好。在一次偶然機會下，他變回十七歲時的面貌，面對重新開始的第二次人生，他能否把握時機做正確的決定？

25 ◆ 我們都以為會因愛而變得強大，但總是因愛而軟弱。

「我們兩個一起成長和改變，但是你知道，那最難的一部分，就是一起成長而不分開，或是改變而不會嚇到另一方。」

——《雲端情人》

我們是真的盡力了，比過去的每一次都更努力——了解到雙方的期望落差，嘗試改變彼此，希望能更貼近預定軌道發展。我們卻忘了認同彼此的付出，也學不會接受不是盡力就能得到圓滿的結果。最後發現與其改變對方，不如與想法接近的人在一起。但我深信在種種失望下，我們終會遇見一個人，讓我們願意為愛再勇敢一次。

我們愛一個人，也同時學會如何傷害一個人。愛與傷害本就是互生的事，因為愛而衍生的傷害比起沒有愛的傷害還要大。我們用上許多精力付出真心，用上許多時間付出誠意，靠著真誠去建立關係，靠著信任去維繫感情，最後往往把關係毀掉的也是因為這些原因——誤會產生後的懷疑，沒有及時了解或解釋而引致不信任；爭執時的一句無心之語，當中蘊含的力量足以把感情變為灰燼。

在被關係害得心力交瘁的時候，我們只能避免讓誤會深化為矛盾，要學會用過去的誤會換來更深的了解。我愛過你，但明白最好的結局，就是讓你一人前行，追尋幸福，我會獨自留下，為你祝福直至生命的盡頭。可惜不是你，也可惜不是我，明明相愛，還是沒能走到最後。希望從今起，你能遠離所有有毒的關係，讓真誠和無懼的愛走進你的生命。

《雲端情人》（Her）2014

導演、編劇：史派克・瓊斯（Spike Jonze）

主演：瓦昆・菲尼克斯（Joaquin Phoenix）、艾美・亞當斯（Amy Adams）

電影簡介：每個人都寂寞，但絕不能因寂寞而錯愛令我們備感寂寞的人。故事講述孤獨的西奧多，專為別人代寫信件。寂寞的他購入了超智能的擬人作業系統O.S. One，並為她改名為莎曼珊，很快地西奧多便愛上擁有人性且聰明、虛擬的她，嘗試踏入一段純精神性的愛情。

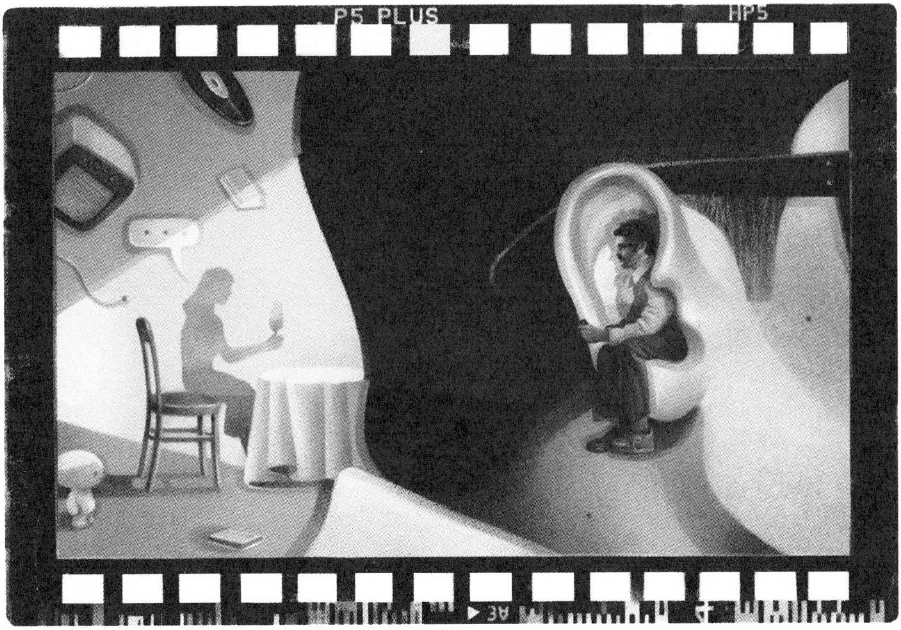
P5 PLUS
HP5

26◆過去就像是一道一直在滲血的傷口。

「你才是你自己最大的敵人，
除非你能放下你的過去，
否則你不會有未來。」

——《星際特工瓦雷諾：千星之城》

過去是我們最大的敵人，因為曾經在乎，所以換來今天對回憶久纏不放的心痛。執著於過去，只會失去追求更好的動力，唯有接受過去種種，承認過失和面對傷痛，才不會錯過當下。所謂人生，就是因為有過去，才會有現在及未來，我們不用否定已成過去的回憶，只需要專注於還能改變的每一刻。

過去發生的事情，從來都不能定義今天或將來的我們，捉緊未來才是最有意義的事情。但願在未來的每個瞬間，有人願意陪伴，而不是孤獨終老；在別人不諒解的時候，願意理解與體諒；在我們需要獨處的時候，願意給予空間思考。沒有人會是一座孤島，我們都能從相伴中得到走下去的力量。

過去就像是一道一直在滲血的傷口，以為時間是止血貼，久了就能放下一切，可是記憶是極度容易被觸碰的。一首歌、一條街道都能導致回憶再次氾濫，使我們在過去中停擺，失去勇氣面對未來。我們都需要和過去的自己和解，從舊有記憶中釋放自己，只有讓過去都成過去，才能真正擁抱未來。

《星際特工瓦雷諾：千星之城》

（Valerian and the City of a Thousand Planets） 2017

導演、編劇：盧・貝松（Luc Besson）

主演：丹・德翰（Dane DeHaan）、卡拉・迪樂芬妮（Cara Delevingne）

電影簡介：在充滿衝突的世界中，我們學會共處；在無窮的變化中，領悟到唯一不變的是愛的承諾與付出。故事講述少校瓦雷諾與中士蘿琳娜是星際特務，奉命在時空中穿梭，維護二十八世紀的世界秩序。一次任務中，意外捲入巨大的星際陰謀，從而引發一場關乎七千多個宇宙種族存亡之戰。

27 ◆ 你也可以成為自己的光源，從難過與悲傷中找到出口。

「美好存在於最出人意料之處，就算在黑暗中，也有燦爛，就算沒有，你也可以當那片燦爛，孕育無限潛能。」

——《生命中的燦爛時光》

生命中難免會有挫折和難關，當我們遇到的時候，只有兩個選擇：一是被它們擊倒，從此放棄人生；二是變得更堅強，嘗試正面面對與克服它們。生命不只是充滿歡笑，更可能是滿布荊棘、悲傷的時刻，這不是要我們學會控制，而是讓我們懂得去面對。生命同樣不是要我們刻意去追求正面和快樂，更重要的是要有承受負面和沮喪的勇氣。當一切也能坦然面對，偶爾難過，也沒關係。

在面對挫折和困難時，就像身處黑暗之中，我們都期待能找到光，並藉此找到出路，那些光可以是我們的親人或朋友，或任何願意伸出援手的人。不幸的是，我們很多時候都要孤身一人面對，但別忘記，黑暗中總有燦爛之處。如果沒有光源，你可以成為自己的光源，從難過與悲傷中找到出口。

影響我們的從來不只是眼前的逆境，更包括心態和信念。在黑暗時期，有人選擇自甘墮落，有人選擇堅守信念，其中最重要的決定因素是我們能否不再被別人主導自己的人生。在那個人心惶惶、惴惴不安的未來，我們特別容易被外來因素所觸動。不管多麼低落，經歷過多大的創傷，還是不可放棄當一個正面的人，堅持逆流而上。

《生命中的燦爛時光》（All the Bright Places）2020

導演：布雷特．哈利（Brett Haley）

編劇：珍妮佛．尼文（Jennifer Niven）、莉茲．漢娜（Liz Hannah）

主演：艾兒．芬妮（Elle Fanning）、賈斯特．史密斯（Justice Smith）

電影簡介：情緒大概是每個人最難跨越的關口，但情緒是能夠在分擔之下得以釋懷的。故事講述維奧萊和芬奇是兩個很想逃離印第安納州小鎮的青少年。維奧萊是個很受歡迎的女生，在姊姊車禍去世後，久久未能忘懷；芬奇則是患有躁鬱症的男生，有自殺的念頭，更被其他同學貼上了怪胎的標籤。二人相遇後，芬奇下定決心要帶她走出傷痛。

真正的晴空萬里是
不再因強行留一個人而弄得傷痕纍纍，
不再因想要得到一個人的在乎，而犧牲自己的情緒。

28◆我們總是一邊成長，一邊累積遺憾。

「我甚至有點不想長大了。」
「真正的問題不在於長大，是在於遺忘。」

——《小王子》

害怕長大的真正原因不是恐懼進入大人的世界，而是害怕失去原本擁有的事情，需要承受逃避不了的責任，或是孤身一人去抵擋世間的風風雨雨。長大從來都不可怕，可怕的是我們在這舉世混濁的世界裡，忘記原本的初衷，丟失做真正自己的勇氣。

小時候我們會為得不到的東西大哭大鬧，又會為家人的呵護而笑逐顏開。那時候我們無所畏懼，可以天馬行空地幻想自己的未來，期望快快長大實現那個純真的夢想。那時候我們會覺得大人很古怪，長大了的我們卻變成那些古怪的大人，遵守著成年人的規則，就算想法有多偉大，在成長的過程中也會一一被壓碎，漸漸遺忘小時候的夢想，忘記從前對長大的期盼，最後成為普通的你我他，不理會快樂與否，庸庸碌碌地過這一生。你還記得那個小時候的自己嗎？

還未長大的時候，快樂是件很簡單的事，和朋友打球、吃飯已經是享受；自個兒看漫畫，睡午覺也會很滿足。那時候朋友之間沒有太多的懷疑和揣測，不用太多計算，只想著怎樣對別人好就足夠。長大後，快樂很難，做自己更難。我們總是一邊成長，一邊累積遺憾，以為長大後就能把童年的遺憾全數彌補，最後卻不見得能完成多少想達成的事。成長是有代價，到了那個以前羨慕的年紀，發現得到的沒有更多，失去的卻不少。

小時候急著想要長大，長大卻希望回到過去或是時間停頓，我們都是這樣過來的。從來沒有一節課教會我們如何成為一個大人，只有不斷跌倒後再重新站起來，心碎後慢慢修補，從傷痛中活出一個更完整的自己。生命不求完美無瑕，但求活得精彩無悔。

P5 PLUS
HP5
38

《小王子》（The Little Prince）2015

導演：馬克・奧斯本（Mark Osborne）

編劇：伊雷娜・布里紐（Irena Brignull）、鮑勃・佩爾西凱蒂（Bob Persichetti）

電影簡介：成長中最不能丟失的就是愛人、自愛的能力，以及面對一切的勇氣。故事講述母親希望女兒考入名校，於是搬到新社區，女兒認識了曾經是飛行員的鄰居老伯伯，老伯伯分享小王子的故事。隨著與老伯伯的每天相處，女兒發現這個世界與她想像的有很大不同，開始想要更深入去探索生命。

29 ◆ 或許真正要害怕的不是面對困難時無所適從，而是當心中有了恐懼後不敢去面對。

「你以後可能會碰到很多很討厭，很莫名其妙的事情，可是你一定要記得，這些事情都不是你的錯。」

——《親愛的房客》

長大後，我們會遇到很多難以用常理去解釋的事情、很多不順心、不想要面對的困難，但是事情不會因我們的討厭而停止，亦不會因我們的服從而變好，挫折還是會一次一次地嘗試擊倒我們。或許真正要害怕的不是面對困難時無所適從，而是當心中有了恐懼後不敢去面對。

成熟意味著要擁有面對生活不如意的勇氣，在這個盛行「愛自己」風氣的世代中，我們總是無法好好的放過自己——想要更貼近完美，而無法接受失敗的可能，我們只會因此無法在失敗中重新站起來。當我們過分放大眼前的不如意，就會失去聚焦於美好事情的能力，美好的事情都有著有效期限，感受當下才能讓美好延續。

生命最糟糕的不是面臨挫折與難關，而是拒絕相信還會有希望降臨。這些挫折與難關並不是生命中僅有的事，更多的是隱藏在沮喪、失望之後的美好。長大並不代表必定要變得更堅強勇敢，而是在經歷風吹雨打後，能有充足的心理準備去面對一切未知的來臨。我們該慶幸，一路上所有大大小小的事情，不管好與壞，還是撐下來了。即使前方多糟糕，我們還是能夠給予自己專屬的溫柔，用時間和耐心好好撫平傷口，靜待重新出發。

《親愛的房客》2020

導演、編劇：鄭有傑

主演：莫子儀、陳淑芳、白潤音

電影簡介：原諒與被原諒之間，若能多點愛與體諒，或能釋放彼此的痛苦。故事講述一位寄人籬下的房客林健一，一直在照顧他的房東、已過世同性伴侶的母親周秀玉，同時也收養了伴侶與前妻生的兒子王悠宇。在周秀玉過世以後，林健一繼承了房子，他因而受到了懷疑，認為他是謀財害命，經警察調查後發現更多對他不利的證據。

30 ◆ 可怕的不是長大，而是缺乏面對現實的勇氣。

「我年輕的時候總希望時間可以過得快一點，
因為那樣我就可以做我自己，擺脫掉家長和學校的一切束縛。
當時我希望閉上眼，一睜眼就會變成大人，
但現在我卻希望時間可以停下來。」

——《愛在午夜希臘時》

大人其實是一個被逼急著長大的孩子。害怕長大的真正原因是不想失去一直緊握在手中的事情，不想減少玩樂的時間。長大後每分每秒都在跟時間競賽，生怕會比別人慢了一點，差了一點，同時不想隨著時間逝去，而失去原本最親近的人。不論怎樣，我們還是避不過「失去」這人生的命題。我們一個人來到這個世界，終究還是會一個人離去，但求曾得到陪伴、感受過溫暖，並因努力拚搏而一生無憾。

我們總以為有許多限制和規條束縛我們所想所做的，其實社會框架永遠不能阻止我們享受人生，限制我們的都是自己，跳不出框架就只能一輩子待在原地看著別人成功。我們每天如此的努力，也是為了盡量不留遺憾走到終點，亦是為了能多留一點重量和價值在這世上。每個人的人生都不應該是「複製」、「貼上」，而是有著無限可能性，創建自己獨一無二的人生篇章。

成長，都是從黑暗中經歷痛苦，忍著痛咬緊牙關就過去了；成熟，都是現實的環境給逼出來的，當沒人能替我們勇敢，我們只能為自己而堅強。成長的代價很痛苦，有時候會迷失方向、失去自我，我們都是這樣長大的。可怕的不是長大，而是缺乏面對現實的勇氣，只有勇敢面對，才能在困惑中找到真正的自己。

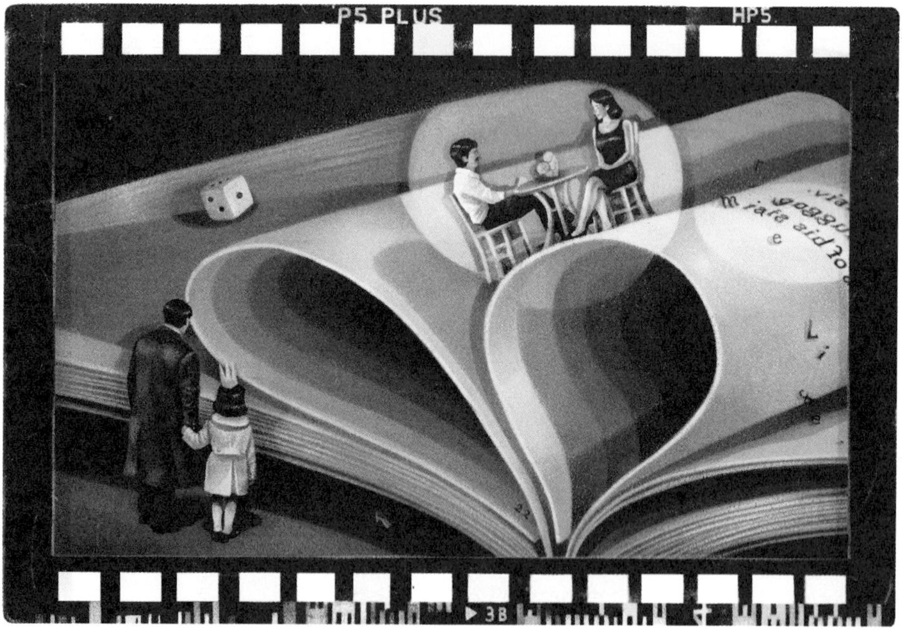
P5 PLUS
HP5
3B

Still there.
Still there.
It's gone.

《愛在午夜希臘時》（Before Midnight）2013

導演：李察．林克雷特（Richard Linklater）

編劇：李察．林克雷特（Richard Linklater）、茱莉．蝶兒（Julie Delpy）、伊森．霍克（Ethan Hawke）

主演：茱莉．蝶兒（Julie Delpy）、伊森．霍克（Ethan Hawke）

電影簡介：當現實磨去了浪漫糖衣，剩下最真實的我們，還值得得到愛嗎？故事講述傑西和席琳結成夫婦後的故事。二人育有一對雙胞胎，他們在希臘度過一個沒有孩子的假期，並展開對愛情的定義、結婚、死亡、工作與人生選擇的探究。

自愛

曾經奮不顧身地付出所有，也曾毫無保留地犧牲，可是時間久了，發現人們終究都是自私的，在愛一個人的同時，最愛的還是自己。於是變得麻木， 不再單純的相信世上有「付出就能換取真心」這回事。累了，是因為付出太多，卻換不來一個正眼相待；失望了，是因為我們在明知有落差，還是學不會更愛自己多一點。在滿足別人期待的同時，沒有定下滿足自己的目標；在付出真心的同時，沒有定下底線讓自己不會傷得太徹底。愛自己，才能走得更遠。

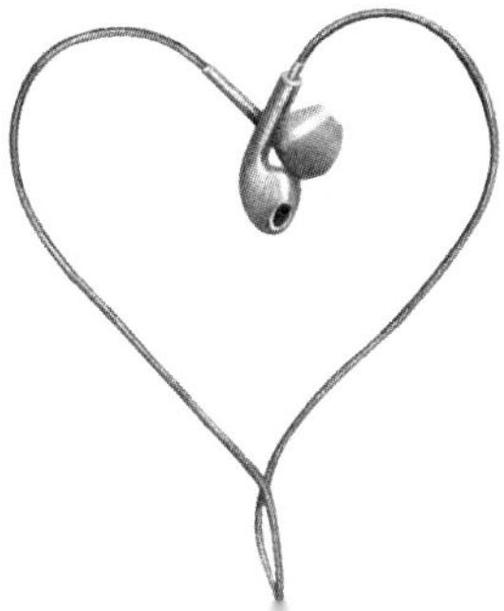

31 ◆ 我們都渴望一段真摯的交往，但為著害怕受傷，而一直把別人推開。

「不是每個人都能被所有人接受，
但你總會找到的。」

——《路卡的夏天》

我們都渴望一段真摯的交往，但為著害怕受傷，而一直把別人推開。如果恐懼是來自於別人的聲音，那就閉起雙耳，好好聆聽自己內心的想法；如果是因為不安而限制了想像和行動，那就想想生活的真正意義，你想要從生活中得到些什麼。

在成長的過程中，甚至長大後，我們也許都曾認為自己是一個局外人，總是距離世界的中心很遠，明明不是怪胎，卻永遠是人群中格格不入的存在。真正讓我們感到不舒服的並非我們的與眾不同，而是世界欠缺接納和體諒。我們既想做真實的自己，又害怕不被接受，這是生而為人的常態，但如果自己也沒能喜歡上自己，又怎能說服別人接受我們？其實我們無須強逼自己跟所有人都一樣，正是每個人都有不同之處，才能成就現在的多元化世界。

友誼的小船從來都很難建造，亦很容易會翻倒。有時候想要對方更重視自己的真心、想要用自己的方式保護對方，而令彼此受到傷害也不自知。真正的友誼不是強逼雙方有著同樣的想法和行動，而是即使想法不一樣，仍能互相支持和勉勵。朋友是一個最特別的存在，明明上一刻還在生氣，但知道對方有困難，便會馬上出手相助。那種感動猶如在大海孤立無援之際，得到一個救生圈，雖然不是即時得救，但已經使你擁有備感安全的依靠。

《路卡的夏天》（Luca）2021

導演：埃里康．卡薩羅薩（Enrico Casarosa）

編劇：傑西．安德魯斯（Jesse Andrews）、麥克．瓊斯（Mike Jones）

電影簡介：縱使你我不一樣，我們的相遇卻是人生最寶貴的經歷。故事講述在義大利的海邊小鎮流傳著海怪的傳說：海怪來到陸地，就會化身成人類。兩個海怪孩子成為好朋友後，決心要結伴參加鎮上的比賽獲得摩托車大獎，一同環遊世界。可是，當身邊出現變數，二人的友情又能否禁得起風浪？

32 ◆ 我們沒有因友情的缺失而放棄，只是不再無條件的去相信。

「友情是雙向的。」

——《天兵阿榮》

有一種友情沒有你就沒有我，不論開始還是結束都是雙向的，沒可能強逼靠近，也沒可能假裝親近。長大成人後，感覺友誼比愛情還要難於維繫，真正可以交心的人不多，而且友情既脆弱又複雜，那種想要愛護和捍衛一個人的情感，想要彼此的世界只有對方，好像無法只用「友情」兩字來簡單概括。

有時候感覺認識朋友也是一種天賦：有些人總是很容易就能融入圈子，甚至成為中心點。可是還是會有些邊緣人存活在每個角落，每到下課和自由活動時間，總比上課還要難挨。對邊緣人來說，世上最遠的距離大概是課室到洗手間的走廊，自己一個人走著，身旁都是人群，周遭的聲音無孔不入，不容許你假裝聽不到。

一個適合你的朋友，會讓你有勇氣去面對挑戰，同時也能反省自己。如果友情是一個程式，可以輕易安裝，也可以無痛卸載，那麼世上就不會有這麼多難解的人際關係疑難了。朋友可以是你選擇的，也可以是你不被選擇的，在友情上的缺失是永遠沒法彌補的，如以電子科技來填補心靈上的空虛，只會更寂寞。怎麼從來就沒有一節課教會我們如何成為別人的朋友，學會不傷害人的同時，也避免受到傷害？我們沒有因友情的缺失而放棄，只是不再無條件的去相信。

《天兵阿榮》（Ron's Gone Wrong）2021

導演：莎拉．史密斯（Sarah Smith）、J．P．維恩（Jean-Philippe Vine）

編劇：彼得．貝罕（Peter Baynham）、莎拉．史密斯（Sarah Smith）

電影簡介：我們都需要學習去成為他人的朋友，打開心窗讓別人進入的同時，亦能給予對方適度的愛。故事講述在人人都擁有人工智能機械人的年代，每個人最好的朋友就是機械人，巴尼因為家中環境拮据，未能擁有機械人。爸爸看著他逐漸被同學邊緣化，於是急忙地趕在他生日購入了一個故障的瑕疵品。雖然功能未如理想，卻令巴尼對朋友有新的理解。

33◆世間上的功利就都只是虛無的過眼雲煙。

「我知道我起跑慢，但這就是我繼續去衝、繼續去追的原因，
輸在起跑線沒緊要，最重要知道哪裡是終點。」

——《媽媽的神奇小子》

在這個社會，比較是必然的，我們唯一能平衡自己的就是克服心魔，只有超越自己，才是真正的大贏家。當所有人都小看你的時候，更要奮勇直前，縱然落後，只要向前追，還是會有追上的可能。終有一天要用事實證明，自己可能不比所有人強，但一定不比別人弱。

我們都活在一個愛比較、愛爭取功名來豐富生命的世界裡，總是無法輕鬆去看待一切，因為每個人都生活在壓逼的氛圍下。如果不奮力向前，就會被擊落下來。於是我們為求滿足私慾和目的，眼睛不再清澈，終日在沒完沒了的競爭中用盡心力，嫉妒背後蘊藏的是更深的自卑，不想被別人比下去，便以嫉妒衍生出來的憤怒，逼使自己更努力一點，可是比較只會讓自尊更受挫，最終我們都敗給

那無謂的差異，而非讓自己得到真正的成長。

我們總慣性地以比較來鞭策自己進步，但成功並不是建基於別人的失敗之上。我們不一定要成為世界第一，也不用因做不到第一而灰心失意，只要比昨天的自己進步就是最大的成功。世間上的功利只是虛無的過眼雲煙，我們沒法帶著功名去活好一輩子，只有不斷進步，成就更好的自己，才能活好生命。

《媽媽的神奇小子》2021

導演：尹志文

編劇：尹志文、盧文駿

主演：吳君如、梁仲恆、馮皓揚

電影簡介：人生的跑道上不會只有你一人孤獨地跑，只管向著前方光源的奮力衝，背後總會有溫暖的動力讓你無所畏懼的勇往直前。故事改編自殘奧運動員蘇樺偉和媽媽奮鬥的故事，講述蘇樺偉生來因黃疸病導致腦痙攣而無法正常行走，媽媽沒有因此而放棄，不僅幫助兒子站起來，更發掘了他的跑步天賦，之後蘇樺偉被殘障田徑隊選中，奪得殘奧會冠軍並打破世界紀錄。

34 ◆ 縱然不能盡善盡美，但能在有限的時間裡為自己盡力，或許能得到意外的圓滿。

「有些事你永遠做不成也不要緊，因為是不可能完美的。」

——《花生醬獵鷹的願望》

自認為能力不及，主要是對自己的信心不足，害怕失敗後的挫敗感，更無法面對不完美的自己，可是成功不是人生首要的任務。比起完美，我們更需要一些不同的經歷去豐富人生。縱然不能盡善盡美，但能在有限的時間裡為自己盡力，或許能得到意外的圓滿。

夢想從來沒有界限，每個人都擁有夢想的權利，只要我們有嘗試的勇氣，能一直堅持信念。與我們不一樣的人，不需要我們的憐憫，只需要肯定和支持，能夠接受自己和別人的不完美才是人生最美麗的事。生活中許多歧視都源於我們的不認識和防衛心，只要願意放下成見，敞開心扉，就會發現人不如想像中醜陋，世界亦不如想像中那麼糟糕。

在這個速食年代，人們的交流都只流於表面或被網絡所綁架，令我們都忘了人與人之間，本來就是要以時間和愛去換取真心。每個人都是獨一無二的存在，有稜角、有缺陷，同時也有值得欣賞之處。我們並不完美，在成長的過程中慢慢接受自己的不完美，同時渴望能得到別人的接納。可是世界這麼大，不可能令全部人都接受我們，只要我們堅持做對的事、以善良去面對世間的惡，還是會找到能夠接受、且願意陪伴我們的人。

《花生醬獵鷹的願望》（The Peanut Butter Falcon）2020

導演、編劇：泰勒．尼爾森（Tyler Nilson）、邁克爾．施瓦茨（Michael Schwartz）

主演：西亞．李畢福（Shia LaBeouf）、扎克．戈特薩亨（Zack Gottsagen）、達珂塔．強生（Dakota Johnson）

電影簡介：拋開美麗與醜陋，才能看得到每個人最真實的內在。故事講述擁有摔角夢、但被家人離棄而被逼入住養老院的唐氏綜合症男生查克，在一次從養老院逃跑後遇上擁有許多新奇的經歷同樣正在逃跑的捕魚男泰勒，泰勒承諾要護送查克到很遠的摔角場追逐夢想，二人成為了彼此的摯友，更改變了彼此的生命。

35 ◆我們都需要有不討好別人的勇氣，和喜歡上不完美自己的決心。

「我們一直被這樣教育，讓自己變得討人喜歡，而不是變得強大。」

——《愛美獎行動》

關係是雙方互相給予而得以維繫，永遠不能只靠一方討好來保持。「討好」與「給予」的差異在於，給予是真正明白對方所需，可能會與對方口中所說的背道而馳，而討好則是盲目順從對方的欲望。討好和給予是源自不同的心理狀態，很多時候，我們想要討好一個人是因為我們心底裡有所恐懼，可能是害怕失去對方或是失去被愛的機會，在一心想要滿足對方的想法下，忘了真誠關心他人才是維繫關係之道。

工作再忙碌，生活再大壓力，也比不過活在別人期待下的疲累——終日忙於去滿足別人，而忘了自己真正想要什麼。努力討好世界，就代表正漸漸失去最原本的自己，想要友善地與他人保持友好關係，卻變得習慣性附和他人，想要拒絕別人的請求，卻選擇埋沒內心的聲音。我們始終還是要從別人的否定中走出來，相信自己有能力活好人生，才能找回心中的快樂。

面對愛挑剔的世界，我們都需要有不討好別人的勇氣，和喜歡上不完美自己的決心。世上到處都是張開嘴去批評別人的人，他們不見得完美，只是希望透過挖苦別人，得到比較下的成功感。這世界絕對不需要依靠討好來避免受到傷害，靠滿足別人來得到存在價值是最容易被拋棄的。與其刻意偽裝去討好別人，不如保有獨特個性多愛自己一點，不再為別人而做出違背真心的事情。

《愛美獎行動》（Misbehaviour）2020

導演：菲利帕・樓索普（Philippa Lowthorpe）

編劇：雷貝嘉・弗萊恩（Rebecca Frayn）、蓋比・齊亞普（Gaby Chiappe）

主演：綺拉・奈特莉（Keira Knightley）、古古・瑪芭塔—勞（Gugu Mbatha-Raw）、潔西・伯克利（Jessie Buckley）

電影簡介：愛與被愛之間，自愛才是唯一令自己更有價值的愛。故事講述在一九七〇年電視媒體蓬勃發展的時期，開始舉辦世界小姐的全球選美比賽，以女性身材外貌做為唯一評選標準。當時一個捍衛女性權利的團體挺身而出，與主辦單位抗衡，藉此推翻物化女性，讓女性不再任人批判與觀賞。

36 ◆ 每個人都需要一個理由，讓過去都過去，也讓自己重新活在當下。

「別人都覺得你怪，
但那是因為你比別人勇敢。」

——《游牧人生》

人生很短，做自己很難。想要擁有自主生活，卻總是受別人影響，然後有一天你發現自己一直被捆綁，想要擁抱真我、真誠做自己，卻成為別人口中的「叛逆」。其實每個人只需為自己的人生負責就夠了，做一個不屬於任何人的人，做一個最勇敢的自己。

能為人生勇敢一次才不枉此生。那些超越我們能力、超乎我們想像的事，都需要依靠莫大的勇氣才能完成。或許人不會突然變得堅強起來，直到這是我們唯一的選項。當面臨一無所有的時候，除了勇敢，就只有放棄，你不勇敢，沒人能替你堅強。

我們都被教育去用一生不斷工作賺錢，卻忘了快樂並不建基於物質之上。想要一直追尋的美好，是需要先看我們如何定義美好。就算是一個再大、再豪華的家，倘若沒有所愛的人陪伴在旁，也只是個華麗空殼。當我們不再日復一日、喘不過氣的工作時，才會意識到內心嚮往的生活樣貌。

每個人都需要一個理由，讓過去都過去，也讓自己重新活在當下。門一直都在，只是我們不願走出來。有人出走一生，去追尋心目中的自由；有人半生後回歸，只想重回安穩的生活。生活不限任何形式。在路途上會有很多人教導我們什麼是對錯，但最終還是該由我們去決定一種最適合自己的方向。

P5 PLUS
HP5.
▶3B

《游牧人生》（Nomadland）2021

導演、編劇：趙婷（Chloé Zhao）

主演：法蘭西絲・麥多曼（Frances McDormand）

電影簡介：人生是一場沒有終點的公路旅行，有過迷惘與心碎，才印證這趟不凡旅程的價值。故事講述美國金融海嘯過後，出現了新的生活形態——「車居族」，被市場淘汰的銀髮族在失去工作和住所後，轉移居住在露營車上。沒有固定居所的他們，做著一個又一個的兼職工作以賺取旅費。他們不是「無家者」，只是「無屋者」，不比別人活得悲慘，反而更懂得享受生活小細節中帶來的感動。

37 ◆ 不論我們有多堅強，還是有可能走不出傷痛。

「沒受過傷的人，才會嘲笑別人的傷疤。」

——《羅密歐與茱麗葉》

沒有一個人真的能對別人的處境感同身受，除非曾經有同樣的遭遇，才會明白對方當刻的心情和想法，每個人都應設身處地去為別人設想。我們不用嘗試對所有人好，但也不要刻意傷害別人，利用傷害別人來得到的優越感是不會持久的。只有靠著善意才能得到別人的尊敬，懷有惡意踐踏別人只會得到他人畏懼的目光。

不論我們有多堅強，還是有可能走不出傷痛；丟掉所有關於對方的東西，還是忘不了當初的溫度。如果因傷害而留下傷疤，我們要做的是和那個深不見底的傷口共存，愛自己，連同所有傷痕一起愛。傷痕不單是過去經歷的痕跡，更是傷過、痛過後愈加珍惜不完美自己的證明。後來你會明白，有些事情永遠不會因時間而消逝，只有比以前更堅強，才能更有力量的去面對。

或許我們都曾經等待別人來拯救，但等待的過程只會讓傷口蔓延，也就只有自己能為自己療傷。生命中的好壞，要保持坦然的心態去看待，明白疤痕永遠不會消失，只會慢慢褪色。不能遺忘過去，就該好好面對，每件事情的發生，都是有它的意義。

《羅密歐與茱麗葉》（William Shakespeare's Romeo + Juliet）1996

導演：巴茲・魯曼（Baz Luhrmann）

編劇：克雷格・皮爾斯（Craig Pearce）、巴茲・魯曼（Baz Luhrmann）

主演：李奧納多・狄卡皮歐（Leonardo DiCaprio）、克萊兒・丹妮絲（Claire Danes）

電影簡介：縱然故事的結局是個遺憾，但愛上你依然是我最無悔的決定。故事講述兩個互相敵對的家族之間不斷發生暴力衝突，分屬兩個家族的年輕男女羅密歐與茱麗葉卻在一次化裝舞會上一見鍾情。可是二人真摯的感情未能化解兩個家族間長久的仇恨，更被逼走上絕路。

38 ◆ 每個人就像活在瘋狂的邊緣，只要輕輕一推，就能跌入無間深淵。

「罹患精神病最可悲的是，
大家總希望你表現得好像自己沒有患病。」

——《小丑》

有沒有想過我們與精神病的距離？其實所謂正常人與病患都是社會製造出來的分隔線，一切源於我們的不理解，才會心生恐懼。要求所有人不生病是一個病態的現象，嘗試將所有不合群的病理化、把所有不符合期望的人邊緣化。

每個人都有自己的情緒問題，受困於無助的負面情緒下，還要被全世界標籤，他們的每一刻都如臨深淵，為他們加油也是徒添壓力。有創傷的人其實跟精神病患者沒太大分別，同樣非常恐懼受到傷害，希望逃離人群以保護自己。活於自己的世界，希望有人理解的同時又怕拉近距離後，沒有人會同情，只會避之則吉。到底是世界正常，顯得我們瘋狂，還是世界根本早已變得比我們還瘋狂？

HP6
Put o
HAPP
FACE

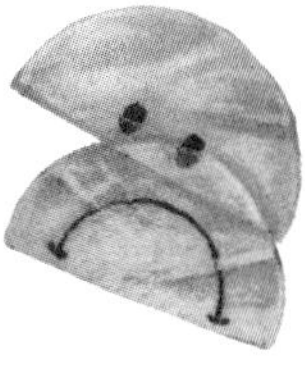

正是因為活在「正常」的框架下，才會把人逼瘋。在這個社會中，沒有人是真正的正常，每個人都很脆弱，就像活在瘋狂的邊緣，只要輕輕一推，就能跌入無間深淵。身處在一個高度城市化的社會，每天講求效率與速度，任何人都不許停下來探詢自己的真正想法，只能人云亦云地跟隨別人的步伐來過活，城市的集體鬱結使每個人都不能活出最真摯的自己。高度壓抑下令每個人都想尖叫，都想逃出這個城市，最後逃不出自己的心理關口，永遠被困在那兒再也走不出來。

《小丑》（Joker）2019

導演：陶德．菲利普斯（Todd Phillips）

編劇：陶德．菲利普斯（Todd Phillips）、史考特．西爾弗（Scott Silver）

主演：瓦昆．菲尼克斯（Joaquin Phoenix）

電影簡介：如悲劇般的人生，沒能如願的結束，也沒能「正常」的繼續。故事講述在充滿罪惡的高譚城，受盡歧視和現實殘酷洗禮的亞瑟．佛萊克，為了符合母親「為世界帶來歡笑」的期望，平日兼職小丑在街頭宣傳，卻被叛逆的青年欺凌，被僱主無理解雇，更發現母親隱瞞的真相——這一切都逼使他走向成魔之路，在一夜間成為萬惡不赦的Joker。

39◆每一個碰上的挫折，都是華麗的跌倒。

「你不可能每一圈都跑得完美。」
「但我可以嘗試。」

——《賽道狂人》

「完美」這個詞很危險，總讓人願意不顧一切地去嘗試挑戰。事實上，完美並沒有準確定義，沒有人知道什麼是真正的完美，也許盡力達到自己定下來的高度和標準就是完美。但努力不一定等於盡力，當我們努力的時候，會覺得自己已經盡力了；當我們盡力的時候，就會覺得自己還不夠努力。有時候，盡力不過是一個讓自己感到安心的藉口，我們距離「盡力」可能還遠得很，卻總被「盡力」限制了努力的付出。我們只有一次一次的突破自己，才能從突破中成就更好的我們。

人生就只有一次，或許我們都曾試過與時間競賽，希望挽回遺憾，但當沒有辦法重來或挽救的時候，我們只能停下腳步，思考如何把剩餘的每一天活得更美好，學會更珍惜身邊的每一個人和享受每一個當下。人生不能重來，才會使每一個瞬間都彌足珍貴。我們或許沒有穿越時空的超能力，但我們都擁有愛人與珍惜每一天的能力。只要曾盡力，即使有遺憾但也不會後悔。

每個人都想要成功，沒有人想要失敗，當我們愈害怕失敗，就愈會失去方向，往往得到比預期更差的成果。誠然，生命中不可能不曾跌倒過，每一個我們碰上的挫折，都是華麗的跌倒，在跌倒以後就能學會更堅強的重新站起來，而每一次跌倒，都是我們不怕困難，敵過恐懼，朝著我們想要的目標盡力進發的證明。

《賽道狂人》（Ford v. Ferrari）2019

導演：詹姆士．曼格（James Mangold）

編劇：傑茲．巴特沃思（Jez Butterworth）、約翰—亨利．巴特沃斯（John-Henry Butterworth）、傑森．凱勒（Jason Keller）

主演：麥特．戴蒙（Matt Damon）、克里斯汀．貝爾（Christian Bale）

電影簡介：對生命能有最純粹的熱愛，對夢想能有最極致的追求，能跟隨自己內心的聲音去努力追尋所想，此生即使不能盡善盡美，也算是無憾了。故事講述在一九六三年，福特汽車決定發展賽車產業，想要在賽事中打敗死對頭法拉利。福特汽車設計師卡洛．謝爾比與賽車手肯．邁爾斯攜手合作，在法國利曼二十四小時大賽上，要與跑車龍頭法拉利一決高下。

40◆世上最缺乏的並不是愛，而是害怕接受愛的人。

「這年頭真的很難找到真愛，要找到一個無論如何都愛你的人，
就算看過你最糟糕的一面，都依然愛著你的人，
而且連你都恐懼自己的那一面都接受。」

——《為她瘋狂》

我們自覺不夠好，經常活於不能滿足自己和別人的恐懼中，甚至因而害怕得到愛，亦害怕主動爭取愛。世上最缺乏的不是愛，而是接受愛的人，因為過去的傷害，不想再因愛而受傷，也不想因未知的等待而換來失望。直到一個能使我們重拾信心的人出現，願意接受我們的不足，擁抱我們的恐懼，陪伴我們度過一切的不安，讓我們知道，只要敞開心扉，我們都值得被愛。不論我們怎樣因愛而飽經挫折，愛還是會以不同的形式回到我們身邊；不論我們怎樣力拒被愛，還是會有人願意一直默默地愛著我們。

真正的愛情從來不會完美，但能完整我們的生命。相愛的本質，從不會是單方面被愛情滿足，而是雙方一起完整了愛情，是在愛著對方的同時仍能保持

自我；互相遷就亦不犧牲做自己的空間。在愛情的滋養中共同成長，成就更好的自己。

在尋求被愛之前，我們先要有愛人的能力。假如連自己也沒法滿足，就不會有餘力去愛另一個人。或許受過的傷害讓我們無法相信自己值得被愛，亦再沒有信心去面對愛。其實愛自己不過就是放過自己，從過去釋放滿身疤痕的自己，相信創傷只會成就更勇敢的我們，而不是為未來的絆腳石。世上最美的愛，並不是等待別人給予，而是從自己的身上發現愛。

《為她瘋狂》（Crazy About Her）2021

導演：丹尼・狄・拉・歐登（Dani de la Orden）

編劇：娜塔莉亞・杜蘭（Natalia Durán）、艾瑞克・納瓦羅（Eric Navarro）

主演：阿爾瓦羅・塞萬提斯（Álvaro Cervantes）、蘇珊娜・阿貝特瓦（Susana Abaitua）

電影簡介：每個為愛瘋狂的人，都值得被愛。故事講述現職記者的阿德里，在酒吧與卡拉發生一夜情後，便瘋狂地愛上她，可是對方不願意留下聯絡方式，經多番打探後，才得知卡拉為精神病患並入住了精神病院接受治療，於是阿德里決定假裝精神病患混入醫院追求真愛。

41 ◆ 不用再懼怕別人的眼光，真正讓自己從心底裡發光發熱。

「別人把你當成壞人、怪物、廢物，並不代表你就是，
重要的是你覺得自己是什麼，
如果你想做什麼，想當什麼人，
唯一的阻礙就是你自己。」

——《史瑞克三世》

是不是要和所有人一樣才是真正的正常？要是我永遠也達不到所謂的「正常」標準，我是否可以安然無恙地在這世界繼續生存？平凡世界中，想要有一點特別，也會被標籤成荒誕不經，別人刻意接近和假裝理解，都讓我們更顯奇異。不想再乞求別人的認同，只想靜靜地生活下去，當一個荒誕世界裡的怪胎，也不過分吧？

在人生的道路中，我們可能不乏追尋夢想的能力，卻很缺乏勇敢做自己的

勇氣。不論是父母的說教、學校的教導，還是社會的灌輸，都教導我們必須成功，不然只會成為浪費人生的渣滓，而成功的唯一指標似乎就只有考上被標籤為好的學校、成功躋身於國際品牌大公司、購入自己名下的物業，這一切一切就是社會定義的所謂「成功」，但我們都忽略了自身的感受，除了自己以外，有人會關心我們在這高壓的生活下過得快樂嗎？能滿足到自己定下的目標嗎？

我們都比想像中強大，卻被困在別人的想法中。不認同自己，才會拚命地追求別人的認同。這樣的迷惘，不但活不出方向，更跌入讓自己失去動力和自信的陷阱。每一個經歷都會讓我們一層一層的認識自己、了解自我存在的意義和價值。在滿足別人的期待、得到別人的喜歡之前，請先好好的肯定自己。生活其實從來不為別人而活，目標也必須由自己定下，才會有動力去實踐。

每個人注定生而不同，世界愈是束縛，愈是想要當一個與眾不同的自己。當我們下定決心當一個異類，那一刻就能擁抱自由，不用再懼怕別人的眼光，真正讓自己從心底裡發光發熱。

《史瑞克三世》（Shrek the Third）2007

導演：克里斯・米勒（Chris Miller）、許誠毅（Raman Hui）

編劇：傑佛瑞・普萊斯（Jeffrey Price）、彼得・S・西曼（Peter S. Seaman）、克里斯・米勒（Chris Miller）

電影簡介：倘若不能當一個自己會喜歡上的自己，就不能活出心中真正的風光明媚。故事講述青蛙國王過世，史瑞克面臨兩個選擇：一是成為國王，二是找到合適的繼承人，不想當國王的他，唯有千里迢迢去找費歐娜公主的表弟。之後，費歐娜公主懷孕了，讓史瑞克壓力倍增，無力去承受眼前面對的一切。

告別

每一次都告訴自己要更成熟的去面對接下來的告別，但每次還是避不過那刻的情感氾濫。縱使活在這個「盛行離別」的時代，我們還是永遠習慣不了別離，只能身心疲憊地面對別人要求的好聚好散。每次的離別都像是把自己用心建立的給狠狠摔破，還要自行清理滿地碎片。如果我們無法讓離開的人成為過去，那麼永遠都不會等到下一個新開始。告別所有不屬於我們的，才能把美好凝結下來，成為更動人的下一個篇章。

42 ◆ 為了不被遺忘，我們加倍努力去爭取在僅餘的記憶下存活，那怕只是一瞬間。

「也許全世界都會記得你，也許只有那麼幾個人會記住你，
但是我們都盡自己所能，哪怕人不在了，
也要讓自己能在這個世上留下些什麼。」

——《鬼魅浮生》

我們終究還是會有離開的一天，能留下的只有回憶。不論來到這個世界，還是離開人世，我們都不能帶來或帶走什麼，慶幸的是能決定為自己和別人留下些什麼。「凡走過必留下痕跡」，回憶是屬於每一個人的。為了不被遺忘，我們加倍的努力去爭取在僅餘的記憶下存活，那怕只是一瞬間。每個人在這世上做過的事情，都會化成一點自己存在過的重量。即使離開世界後，也不會因此而減輕，反之會落在每一個在世的人心中，為自己留下一些存活過的證明、為別人留下一些珍貴而不可取代的回憶，這就是我們在世時能為世界帶來的一點點改變。

P5 PLUS
HP5

大概真正的死亡，是被所有人遺忘，真正的離別，就是互相不願再想起對方、決絕的永別。許多人離開人世以後，會留下相當珍貴的回憶，活在每一位認識他的朋友心中，長存不散。死亡沖淡不了人與人之間珍而重之、而且緊緊扣在一起的關係。

致離開了人世、卻一直活在我們心裡的人們：我一直過得很好，我會因為你而活得更好、更精彩；在世界另一端的你不用太掛心，只要偶然想起我就好，偶然、一下子就好。

《鬼魅浮生》（A Ghost Story）2017

導演、編劇：大衛．羅利（David Lowery）

主演：凱西．艾佛列克（Casey Affleck）、魯妮．瑪拉（Rooney Mara）

電影簡介：那些思念的束縛糾纏不放，讓人墮入無限輪迴。故事講述丈夫因一次交通意外而身亡，死後化成披著床單的鬼魂陪伴妻子。妻子決定搬離傷心地，臨走前留下一張便條在家中的牆縫，丈夫鬼魂離不開房子，更掛心著那張寫有妻子心底話的便條。隨著時間的流逝，經歷多個不同的住戶，房子最終被拆除，而丈夫也因執著而永生孤獨。

43 ◆ 如花束般的戀愛，有著限期的關係，我們能否依然為這樣的感情而努力？

「雖然戀愛生存率只有幾個百分點，但我仍然會努力。」

——《花束般的戀愛》

如花束般的戀愛、有著限期的關係，我們能否依然能為此而努力？每段關係都有著賞味期限，總有一天會別離，但不代表我們要因而害怕並拒絕愛與被愛。戀愛是世上最不能預測的事情，不論是去爭取、挽留、付出，還是去愛，不到最後一刻都要全力以赴，寧可結局不完美，也不要在過程中留有遺憾。

有時候會想：是我們太脆弱、不堪一擊，還是時間和現實真的太殘酷，總是相愛得太早，明白得太遲、傷害得太多，體諒得太少？「是什麼時候變了？」答案並不重要，終究是在期望落差中把對方錯過。因為現實而被拉遠距離從來都是最不甘心、也是想要得到對方和自己原諒的藉口。當雙方存在根深柢固的問題，是時候停止問責，並鼓起勇氣一起去面對。縱使最終解決不了，至少雙方曾經有共同面對問題的心。

有些話想說沒有說，有些行動只停留在想法，每一句卡在嘴邊的對不起……在睡不著的時候都會使我們想：如果那時候有說出口就好了。我們有太多以為的不言而喻，當初認為的一拍即合，都只不過是被情愫催生出來、受情感氛圍所支配的錯覺。在戀愛中嘗到的孤獨感，是比一個人獨處時的寂寞更要痛苦，等待告白和等待說分手也是同樣令人焦急和難受。當要從一段感情中抽身離去，才發現一切都不容易，所有經歷過的一切都刻骨銘心，搬不走、離不開，只停留在原地，卻無法再一起前進。真的希望我們重遇的時候，能更懂得愛，這次就不會再放開。

《花束般的戀愛》（花束みたいな恋をした）2021

導演：土井裕泰

編劇：有賀高俊、土井智生

主演：菅田將暉、有村架純

電影簡介：最美的愛情就在二人互相為對方努力而綻放之時。故事講述因錯過末班車而認識的男女，幸運地遇上，更幸運地一同譜出可能一生只得一次美好而簡單的戀愛時光。當經歷了找工作的困頓期、同居的熱戀期、互相看對方不順眼的冷淡期，在他們之間的愛情之花快要凋謝，只差一步的幸福，是要無能為力的放棄，還是爭取最後一次綻放的機會？

44 ◆當面對失意時，我們可以埋怨自己運氣不好，但絕對不要懷疑自己的才華。

「如果人生最壞的只是死亡，生活中怎會有面對不了的困難。」

——《新不了情》

一段最動人的感情，不是在最美好的時間遇上你，而是願意為了你，成為更好的自己。我們總會在生命中遇到一個與自己完全不同的人，他的觀點、性格，與你有著天淵之別，正因為對方和自己不一樣，才讓我們的想法和視野不再受到舊有的思想局限，從他身上，我們看到不一樣的世界，以生命影響生命。在愛的力量下，學會什麼是愛，怎樣和對方一起成長。

生命精彩之處就在於我們大膽地去嘗試、去改變和去愛，讓我們帶著敢於挑戰自我的態度走到更遠的地方，經歷多一些別人一輩子也不敢體會的事。我們每一天都與生命的終點更近一步，注定要慢慢目送自己的生命結束，但在過程中享受過、盡力過，人生也算不枉過。

當面對失意時，我們可以埋怨自己運氣不好，但絕對不要懷疑自己的才華，唯有相信自己，才能在挫折連連的命運中走出自己的路。生命值得我們為之每分每秒的努力，所有的結果都是由我們的選擇而成，從來沒有注定的失敗，只有我們甘願的主動放棄。命運總會是在我們最脆弱的時候給我們丟難題，我們能做的就只有相信自己，相信自己值得更好的生活，努力才不會辜負自己。當然未必每件事都能稱心如意，但堅持和對生命的不服輸是唯一能對抗所謂「命運」安排的武器。

《新不了情》1993

導演、編劇：爾冬陞

主演：劉青雲、袁詠儀

電影簡介：想要成為一個修理員，修補你所有的缺口，為你帶回快樂。故事講述阿傑是一個年輕但事業不順的音樂人，因不願向現實低頭，更與歌星女友鬧翻，而搬到廟街破舊的公寓中，遇上了樂觀的鄰居阿敏。阿敏一家都是在廟街街頭賣唱，阿傑受到阿敏的鼓勵，使他逐漸恢復鬥志，正當二人漸生情愫，阿敏卻舊病復發，更成為阿傑生命中永遠的遺憾。

P5 PLUS
HP5.
3C

45 ◆ 為了傷害我們的人而停留，只會顯得愛很廉價。

「就像飛蛾一樣，
明知道會受傷還是要飛撲到火上，
飛蛾就是那麼傻。」

——《西遊記大結局之仙履奇緣》

飛蛾撲火，是因為光對飛蛾有與生俱來的吸引力。同樣，人會愛上錯誤的人，是因為彼此間有著難以抗拒的張力。有人說飛蛾無知，才會以犧牲去爭取不屬於自己的東西，但我會說是命運，這是牠認為世上最值得做的事情。結束前的最後一刻，飛蛾還是能夠好好地停留在那一片光亮中，一刻擁有也是擁有，再也無憾的離開。

明知為了傷害我們的人而停留，只會顯得愛很廉價，可就是離不開，放不下，捨不得。每個曾在關係裡受過傷的人都帶著刺，而每個帶刺的人，在刺傷別人的同時，也會無可避免地傷到自己。愛與痛是永遠的共生體，因內心過於渴望愛與被愛而拿捏不好分寸，不小心地讓對方受傷，只希望我們在相互傷害中，尋找到對彼此而言最適當的距離。

經歷過幾次失去才明白，我們不是敗給時間，而是敗給自己。痛愛一場，放手以後，才發現對方原是可恨，只是我們捨不得放棄。明明早該放手，讓一個不適合自己的人離開，卻因為舊情而讓他繼續傷害自己。每個人心底都有個愛得疼痛的人——可能是想愛卻不能愛，可能是來不及去愛，也有可能是因為不懂珍惜而白白失去。不管怎樣也好，時間終將會讓一切過去，重要的是我們有否因此學會在對的時間，把握屬於自己的愛情。

《西遊記大結局之仙履奇緣》1995

導演：劉鎮偉

編劇：技安

主演：周星馳、吳孟達、朱茵

電影簡介：愛與不愛一個人，都是深入骨髓的悲哀與無奈，也因有悲也有喜，才讓我們想要一直的追尋。故事講述孫悟空被貶為凡人，取名為至尊寶，為了救回因誤會而自殺的娘子白晶晶，借助月光寶盒的力量回到過去。由於操作失誤，意外回到了五百年前，遇到了紫霞仙子。彼此的相遇、錯過與錯愛，成了心底無能為力的缺憾。

46 ◆ 喜歡可以是一種前進，亦可以是一種後退。

「一男一女，他們真心相愛，
卻沒有選擇去談一段轟轟烈烈的愛情，
也沒有選擇去佔有對方，
而是選擇為對方犧牲，為對方付出。
真正的愛，就是犧牲的愛。」

——《某日某月》

遇上你，才知道自己原來很貪心，想要得到你的一切，想要占據你心中的每一處位置；也因為遇上你，才知道自己原來可以很無私，願意為愛而放手，為成全而祝福。喜歡可以是一種前進，亦可以是一種後退。即使勉強占有，終究也敵不過聚散，只會讓自己更加孤獨。當我們能夠領略到愛不只是占有，而是蘊含無盡的成全和接受時，我們才算是真正懂得愛。

愛是最偉大而恆久不止息的事情，但也因為愛而令我們變得自私。想要從愛之中得到更多，便學會去比較、計算自己的得與失，從而去衡量對方的愛有多深。如果強行為愛定下一個量度單位，只會讓愛逐漸流於表面。愛要用心用力去付出、去守護，不愛了也能在尊重和祝福對方下離開。愛本來就不複雜，而是複雜的人想從愛之中滿足自私的想法。

愛情道路上有四個必經階段：經歷，領悟，放手，釋懷，這些過程都能讓我們有所成長。雖然事情未必都能盡如人意，但至少能讓我們領悟到世界很大，愛情很小。曾經以為我和你是世上唯一的愛情，到了結束的那天，誰用力也留不住，人生的路仍要繼續，時間沒有為誰的離開而停留過，世界亦沒有為誰的悲傷而停止轉動，總有一天會明白今天流過的淚，是為了成就明天更強大的自己。

願我們都能學會面對愛時勇敢追求，面對拒絕時也懂得忍痛放手。

《某日某月》2018

導演：劉偉恆

編劇：劉偉恆、王沛然

主演：原島大地、湯怡

電影簡介：為你踏破日與夜，為的也只是你的笑顏。故事講述一九九二年五月八日，一場大雨令香港停電，熱愛觀星的窮家女子月與富家男旭日在海邊觀星相遇，種下情根。後來旭日被爸爸強行送去赤柱的寄宿學校，等待不久的移民；而子月也被母親阻止，認為旭日只是玩世不恭的富家子弟。二人的感情不只受到親人阻止，更需要面臨分隔兩地。

在千百轉的相遇與離別後，
不是學不會珍惜和把握，
只是明白到比起擁有，更需要的是去成全。

47 ◆ 正因為有後悔的驅使，才能有下一次及時珍惜的動力。

「每個人都有離開的時候，最重要的是，在離開以前過好每一天。」

——《九個女仔一隻鬼》

「後悔」、「遺憾」、「錯過」都是人生的關鍵詞，如果早知每一刻都可能是最後一刻，就不會再有遺憾，可惜生命沒有如果。每一個用「如果」開首的故事都是悲慘的，正因為有後悔的驅使，才能有下一次及時珍惜的動力。可是有些事情即使能重來，我們還是會做出同樣的選擇。有時，生命中的錯過並不可恨，唯有錯過方能懂得校正人生方向。

面對死亡，真正害怕的不是離開人世，而是沒能在最後一天到來前達成所想，抱著許多遺憾離開。人生是一道減法題，過一天就減一天，和愛的人見一面就減一面。當我們認清了人生最重要的是什麼，接下來的每分每秒就不容浪費。所有的事情都總會完結，最重要的是我們有否在有限的時間裡好好珍惜。很多關係上，我們都是相愛得太早，明白得太遲；很多時候在我們還未醒覺，對方就已轉身離開。當一個故事裡出現遺憾，就代表故事還未說完，因為我們會一直抱著這份遺憾，直到有天我們能把錯誤糾正，直到有天我們能真正釋懷。

要相信愛一直都在，而愛我們的人總是一直守候，只是還未察覺到他們的存在。愛會在最恰當的時候出現，最美好的緣分不用去找，自然就能相遇，用心就能去愛和守護。當我們能超越微小的機率相遇時，要做的就是好好珍惜，因為這個人而撐過生活上的酸甜苦辣，學會分享和分擔生命上的大小事情，不再因孤單而終日埋怨，反之想要更用心用力去生活。

《九個女仔一隻鬼》2002

導演：鍾澍佳

編劇：雷宇揚、鍾澍佳、李思臻

主演：Cookies、陳冠希

電影簡介：挽回一個人的時候，用盡了我最後的溫柔。故事講述因交通意外過世的Marco，靈魂寄居於二手車裡，後來被玩世不恭的富家女嘉嘉得到。嘉嘉知道汽車秘密後，承諾要為Marco尋找記憶，讓他得以投胎轉世。同時也借助他上身的力量，贏得球賽、考得佳績。漸漸二人的感情產生變化，可是人鬼殊途，他們還是不得不分離。

48◆或許不愛才是最終的真相，只是我們都拒絕承認。

「愛人和被愛之間如果有時間差，
我們能做的就是好好說再見。」

——《你的情歌》

我愛你，你不愛我，不是你的錯；我們相戀，最後沒能譜成美好的結果，也不需尋找我們要承擔的過失。在愛情中沒有必然的保證，亦沒有絕對的最好安排，即使最後沒能一起走到最後，彼此的相遇還是有其意義，過程中付出的努力，還是能促成雙方的成長。比起悔恨，更多的是感激曾一起走過人生的一段路。

一輩子這麼長，不會只愛上一個人，不會只對一個人有過感覺。那些虛無而毫無根據的感覺都是真實存在過的，只是不一定能轉化成「喜歡」。有時候被一時的感覺誤導而誤以為愛上了，盲目相信這就是愛。沒有什麼比「以為」更痛了，愛上一個以為會愛我們的人是最寂寞的事情。不想再日思夜想的去猜度一個人的心意、不想假設再推翻所有愛的證供，或許不愛才是最終的真相，只是我們都拒絕承認。

不愛一個人卻勉強在一起，才是真正辜負對方。被喜歡上是幸福，只是結果往往不是我們能夠預期的。表明心意需要莫大的勇氣，同時拒愛也不是一件容易的事。假若未能以同樣的愛回饋對方，坦誠以待是對雙方最大的仁慈。

愛與不愛之間存在很大的空間，有人想要去愛，但用了錯誤方式；有人不夠愛自己，但渴望被愛。愛從來都不是「是」和「否」的選擇題，而是「如何」和「怎樣」的開放式問題。愛情是需要看見彼此的天空，才能進入對方的世界裡去愛，只站在自己的角度，是永遠不能讓愛持續下去。

P5 PLUS
HP5.
▶3C

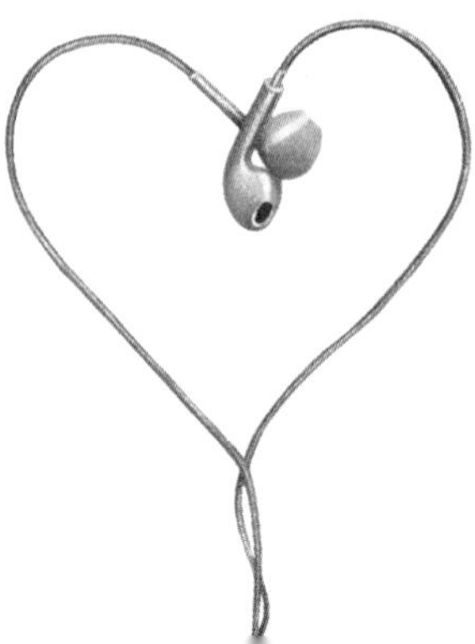

《你的情歌》2020

導演：安竹間

編劇：葉揚

主演：柯佳嬿、傅孟柏、謝博安

電影簡介：童話故事中，王子跟公主總是能過著幸福快樂的日子，是因為他們都沒有想太多。故事講述音樂老師余靜到花蓮偏遠鄉間療情傷；鬱鬱不得志的流浪教師邢致遠同樣被調職到花蓮，為了走上事業的捷徑，便將目光放到歌唱選秀上，找來了天生歌喉很好的李東朔，組成了樂團，並邀請余靜當音樂指導。邢致遠和李東朔對余靜漸生情愫，而她搖擺不定的心也終要面臨抉擇。

49 ◆ 我們就是太相信之後會再在一起，最後才會分開得遠遠。

「是不是在一起久了，感情就會變淡。」

——《目擊者》

我們都低估了距離和人心變化帶來的壓力，結果誰也沒能免疫，隨波逐流各自生活，不用說出口的告別，無聲的吶喊來得更痛。我們就是太相信之後會再在一起，最後才會分開得遠遠。

想把愛你的勇氣變成日常，想把思念都化成讓你聽得到的話語。當思念把過去的回憶拉扯成很長的影子，多用力也離開不了陰影之處，在離開前回眸的瞬間把時間凝結，想要在秒針劃下前，多看你一眼。習慣你所有生活的模樣，接受你所有不如我意的決定，卻難逃分開的事實，我懷著失去你的悲傷停留在原地，而你朝著沒有我的地方進發，就這樣成了沒有句點的詩篇。過去的眼淚羽化成今天的成熟堅強，但還是渴望有天能在沒有地平線的地域上再次相遇。任天空和地上分隔多遠，還是會有相連接的一天。心知地平線永遠不會消失，而你我只會在繁華的世界裡漸漸褪色。

愛是一場有相遇就有別離的旅程，我們沒有因為不夠愛而不去愛，反之因為太愛一個人而不敢主動去愛。比起得到，更怕的是得到後失去的無所適從，更無法原諒那個眼睜睜錯過你的自己。不是年紀愈大愈不敢談感情，而是懂事以後就明白，付出不一定有結果，更多的是被別人唾棄，跌跌撞撞下導致的患得患失，總希望在不安的愛情下能緊緊抓住一份信任，可是卻發現什麼也捉不住。

《目擊者》2017

導演：程偉豪

編劇：程偉豪、陳昱俐、陳彥齊

主演：莊凱勛、許瑋甯、柯佳嬿

電影簡介：世上到處都是掩蓋的真相和泯滅的良知。故事講述九年前的一個雷雨滂沱的晚上，報社的新進職員小齊目擊一場肇事逃逸的車禍，駕駛者當場死亡，而女乘客徐愛婷送入醫院後陷入昏迷，車禍的真相也石沉大海。事隔多年，小齊升為新聞召集人，發生車禍後令他憶起九年前的那場車禍，決定要重新翻查當年的真相。

怯懦

不論到了什麼年紀，人還是會對生活感到迷惘，為想做的事情而怯懦。想得到勇氣，可不是隨著成長就能得到，反而年紀愈大愈會逐漸失去。年少輕狂的時候，因害怕給不起而拒絕承諾；傷痕纍纍之時，因不想再受到傷害，而拒絕擁有；妄自菲薄之際，因懼怕失敗帶來的失望，而拒絕嘗試。每當我們信心不足或惰性太強的時候，總把想做的、想說的推搪至下一次。人生沒有太多的下一次，往往這一次就已經是最後一次。人生所謂的勇敢不是無所畏懼，而是能否懷抱著現在所擁有的，去把握不可多得的最後一次。

50◆在最黑暗的環境，我們不只要有抵抗的勇氣，還要有擁抱別人的溫柔。

「避不了，一起捱！」

——《一秒拳王》

難過的事情總像命中注定一樣，逃不開也避不過，有生命，就有難過；有呼吸，就有悲傷。在世上最令人動容的就是，孤身一人時發現再難過的時刻，身旁還有同路人，背後仍有支持者。如果一切都是命定，願我們能攜手面對，朝著同一方向，以同一步伐向目標進發。在最黑暗的環境，我們不只要有抵抗的勇氣，還要有擁抱別人的溫柔。

生於壓抑的時代，活於每分每秒都被壓搾的空間，每個人都希望擁有超能力去改變眼前的困境，但我們本就擁有超能力：鍥而不捨的堅毅，和面對困難的勇氣。正當我們以為一秒是微不足道的時候，只要好好把握，就能做出更好的選擇。

在黑暗中，散布在各處的一點光是永遠照亮不了一個城市，但當光點聚集在一起，便能成為照亮整個世界的光源。成功永遠不會是一個人的努力，需要一撮人彼此擁有共同目標、堅定信念，盡力發揮所長，才能成就無限可能。世界再黑暗，還是有光明正等著我們。

或許我們都曾被困於絕境想要踏前一步卻害怕踏空失足，想要退後一步卻發現無路可退，最後寧願荒廢自己，來逃避終須面對的人生。我們要對自己的生命抱有正面態度，才能得到力量去活好每一天，下定決心去做一件事，是可以豐富我們的生命。所謂的英雄，並不是在擂臺上擊倒對方，而是有勇氣在跌倒後重新站起來，繼續應戰。

《一秒拳王》2020

導演：趙善恆

編劇：章彥琦、何肇康、李浩田、凌偉駿

主演：周國賢、林明禎、查朗．桑提納托古

電影簡介：我們最強的超能力是面對逆境下的自強不息。故事講述從小擁有一秒預知能力的周天仁為醫治兒子的弱聽而欠下巨債，遇上努力經營拳館的葉志信，想要透過拳賽來增加收徒，從而將爸爸留下來的拳術發揚光大。周天仁依靠原本荒廢的超能力，再經過艱苦訓練後，成為了「一秒拳王」，卻於此時迎來人生更艱難的挑戰。

51 ◆ 在改變世界以前，我們要先為自己好好的活著。

「有些事本來就很遙遠，
你爭取，就會離你愈來愈近。」

——《破風》

夢想和願望，只會留給一心想得到的人。每個人都是命運的掌舵者，擁有改變自身、改變世界的能力，相信自己能通過努力去獲得自己所想。不是每個願意努力的人，都能得到機會，但只有盡力、無愧於心，才有機會前進，看得見光芒。成功從來都沒有捷徑，只有堅持和毅力才能一步步邁向自己的夢想。

在改變世界以前，我們要先為自己好好的活著，活著不只是爭氣，更是要爭取成為更好的自己。長大後會發現，單是活著已經是人生最困難的部分，途中會遇上不少影響心意、改變初衷的阻礙。那個現實中的自己和理想中的自己會慢慢產生距離，並隨著時間和年紀逐漸拉遠。人生在世，總不能事事順心，只能事事盡力，但求盡最大的努力去完成每一件事。

人生是需要不斷堅持，才能看得見希望。在我們一生當中，放棄的念頭時常出現，放棄不比堅持容易，淡忘卻是最容易不過的選擇，面對困難時，大多選擇漸漸遺忘，而非果斷放棄。在無數人選擇默默離開的時候，堅持到最後就是一個機會。

《破風》2015

導演：林超賢

編劇：林超賢、林逢

主演：彭于晏、崔始源、竇驍、王珞丹

電影簡介：人生道路上該戰勝的只有自己，逆風而行，才能看得到成功的終點。故事講述在職業單車比賽中，炫光隊的韓籍天才車手鄭知元在隊中擔任衛線手，仇銘與邱田擔任他的「破風手」，同時為團隊而奮鬥。可是贏得冠軍、獲得掌聲的只有衛線手，令仇銘與邱田開始不滿現狀，漸漸喪失團隊精神，各散東西。直到一場賽事三人重遇，再次在戰場上掀起較量的鬥心。

52

◆愛上一個人猶如在心底刻上了一個永不能磨滅的痕跡。

「你喜歡女生就可以，我喜歡男生就不行。你有多愛一點，我有少愛一點嗎？」

——《刻在你心底的名字》

我們都以為愛是容易投放，亦容易抽離，最後每個陷進愛情裡的人都無法抽身。即使愛得傷痕纍纍，還是笑著不喊痛。在痛面前，一輩子代表著無限煎熬。比起你受傷，我願意當那個壞人背負著我們的痛一個人走下去。

愛上一個人猶如在心底刻上了一個永不能磨滅的痕跡，時間愈久，愈見深刻；有多深刻，就有多痛，任憑所有事情都忘記，就是忘記不了那份一生只得一次、最真摯的感情，最後編個謊言，欺騙自己欺騙別人已經忘記了。我們都活在經常讓我們感到失望和悲傷的世界，因為有著你，讓我知道世界原來沒有那麼壞。感情無法操控，我們都沒法選擇去愛上誰。在愛情裡，最缺乏的不是真心，而是勇敢去愛和誠實面對自己的勇氣，結果那個人隨著鼓不起的勇氣而逐漸消失於人海中。

我們會喜歡上一個人並非單憑性別取向和戀愛觀，而是因為喜歡這一個人的所有好與壞。愛就是一場冒險，只有勇敢踏出未知的一步，才會知道這趟旅程是否值得繼續堅持下去。今天的你倘若還有猶豫，希望你能以最大的愛來克服恐懼，以最大的勇氣來戰勝世俗眼光，向著無盡的愛前進。希望有一天我們都能活在一個，不管我們喜歡誰，都不再讓人感到奇怪的世界。

《刻在你心底的名字》2020

導演：柳廣輝

編劇：瞿友寧

主演：陳昊森、曾敬驊

電影簡介：我們之間是吹不滅的火焰，可是還是會懼怕風帶來的影響，不是因為我們不夠愛，只是愛得不夠信心。故事講述臺灣在解嚴之初，兩個男高中生張家漢與王柏德相遇，在相處中察覺到對彼此的好感，卻因世俗的規條而無法坦承愛戀。「貌離神合」的關係聚散，卻使彼此記下一輩子，糾纏一生。

P5 PLUS
HP5.

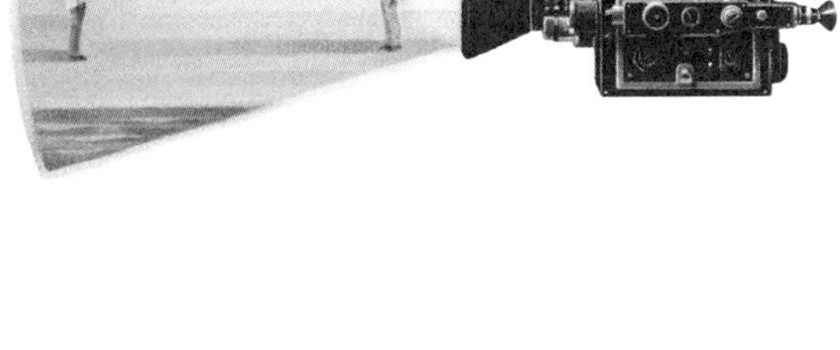

53 ◆ 愛讓我想要得到親近，也同時讓我不得不逃離。

「我不知道如何愛或被愛，
我的不安全感讓我窒息，而我必須逃離。」
——《想哭的我戴上了貓的面具》

總以為愛能令一切都變好，能修復所有疤痕，可是更有可能是，為我們帶來更沉重的傷害。想要被愛，卻沒有勇氣去承受；想要主動去愛，卻害怕不被接受。愛讓我想要得到親近，也同時讓我不得不逃離，不想要承受得到後失去的失望。寧願當初沒有遇見那個能交心的人，這樣就不會留下不能磨滅的痕跡，彼此都能安好地活在各自的宇宙。兩條平行線本來就不該相遇，寧願我們從沒擁有，從未遇見，從沒動心。

我們在期待幸福的同時，也在懼怕幸福轉瞬即逝，因而對眼前的美好感到不安。過往的經驗讓我們活在一個不敢追求幸福結局的陰影之下，即使當刻有多完美，感覺下一刻也可能要面臨失去，於是不敢再擁有，亦沒法保持希望去相信自己值得這一切。其實我們需要害怕的並不是得不到幸福，而是被恐懼支配，以致未能好好享受當刻的幸福感。沒有上一個故事的完結，就不會有下一個故事的精彩。即使未能延續故事，還是應該為曾經擁有過而感到滿足。

我們都以為自己就是愛情的掌控者，誰知我們只是被愛情牽引的苦者。有些感覺，話語也不足以表達；有些事實，永遠也未能夠看得清。沒有人想要痛苦的愛著另一個人，可就是愈痛愈愛，愈想要放下愈抽離不了，就這樣矛盾愛著許多個年頭，才發現會痛的愛情終究不屬於自己。

《想哭的我戴上了貓的面具》（泣きたい私は猫をかぶる）2020

導演：佐藤順一、柴山智

編劇：岡田麿里

電影簡介：如果你能看懂我的冷漠只是渴望關愛下的偽裝；如果我能理解世界都藏著一份等待我們去拆開的善意。故事講述表面樂觀開朗的美代心裡其實一點也不快樂，同時她無法鼓起勇氣接近暗戀對象日之出，於是她戴上貓面具變成一隻白色小貓咪，在夏日祭典與日之出見面，之後她便以貓咪的身分去得到他的疼愛，直到有天她無法再變回人類，才明白自我逃避只會讓她失去更多。

身處黑暗，嚮往著光，卻害怕光帶來的炙熱，

大概我們一生都處於矛盾，不住掙扎。

倘若彼此能夠好好珍惜，

希望能全力以赴、不留遺憾地付出那僅餘的好。

54◆遺憾的從來不是失敗告終的愛戀，而是我們有緣分相遇，卻沒有勇氣讓故事延續。

「如果能好好的傳達，就把自己的心情告訴對方，我覺得那就是對一個人的珍惜。」

——《白晝的流星》

在愛的旅程中，最幸運的不是遇上一個與之相愛的人，而是遇上一個我們願意為他付出所有的人；最勇敢的不是愛上一個人，而是讓他知道自己的心意。為了不在生命中留有遺憾，決定要一直迷茫地愛著他，即便這是全世界最瘋狂的事，也想要放手一搏，待他回頭的一天就一切都值得了。有時候分不清是執著還是堅持，以為付出就會得到青睞，以為堅守就能看見曙光。

感覺是浮動不定的，而最能夠影響感覺的就是別人的行為。有時候我們會愛上一個人，是因為感覺到對方對我們的好，也莫名的感覺對方喜歡自己，因而產生好感。可是好感只是一種維持不久的前奏，我們會對很多人有類似的感覺，經常會苦惱於「到底是好感、喜歡還是愛？」或許在想這個問題的時候，我們就已經愛上了，只是害怕踏出一步，不願面對已經萌生的情愫。遺憾的從來不是失敗告終的愛戀，而是我們有緣分相遇，卻沒有勇氣讓故事延續。

有多少個深深扎根於我們青春的回憶之中、了解甚深的人，卻未能開花結果、成為戀人；又有多少個素淡如陌生人，認識不久，卻又莫名其妙地愛上，愈是不了解，愈是好奇對方的一切——大如人生目標，小如喜歡用哪一款牙膏，通通一概想了解清楚。起初只是感興趣的想簡單了解一下，到後來希望知道更多，希望明白他的內心世界，才發現原來已經愛上了。過程中發現他的好與不好，都想一概收下，知道他與自己相襯和相沖的地方，但都願意接受。喜歡上一個人就是如此的毫無預警，這般簡單細膩。幸福是要努力爭取的，即便會失望、會受傷，只有為自己踏出一步去嘗試，你就是最勇敢的。

《白晝的流星》（ひるなかの流星）2017

導演：新城毅彥

編劇：安達奈緒子

主演：永野芽郁、三浦翔平、白濱亞嵐

電影簡介：有時候坦承是一種最確切的珍惜，同時亦會帶來傷害。故事講述從小在鄉郊長大的女生與謝野雀，因父親工作外派到海外，便寄居在東京的叔叔家。在突如其來的都市生活中體驗到真誠的友情和前所未有的愛情，這段時光也成為她往後最珍貴的回憶。

55 ◆我們會失望，可能是對世界有太高的期望了吧。

「從此以後我開始害怕相信別人，
相信了也不知道什麼時候會被背叛，
就算喜歡上別人，也許有一天也這麼想著，
就變得無法坦誠，覺得什麼都沒所謂了。」

——《橘子醬男孩》

人生是個充滿失望與遺憾的旅程，事與願違的情況很多，能舒心做自己的機會很少。我們失望於人生總是不斷失去，為我們停留或自己捉得住的很少，最令人失望的是成為一個讓別人失望的自己。

長期地保持希望是很累的，經歷無數次的挫敗與失落後，就不想要勉強自己去相信。畢竟再多的希望，還是會被殘酷的現實給粉碎，曾經有著無盡衝勁的我們，還是會被擊倒，然後再也無法站起來面對一切。我們會失望，可能是對世界有太高的期望了吧？有時候會想，人生這麼長，真的非要把時間和精力都花在只會讓我們失望的事情嗎？是時候該停止了嗎？反正事情都不會因努力而變好，意外亦不會因準備充足而停止出現。我們都曾天真的認為，只要努力就能從零走到一百，可惜現實告訴我們一百並非終點，而零到一百之間可能是我們這一輩子也跨不過的鴻溝。

真正讓人喘不過氣的不是失望，而是沒能從失望中得到成長，如果覺得生命滿是失望，我們又怎會得到信心令生活變得更好？即使世界不斷讓我們失望，我們還是要相信下一次希望的來臨，別因一次失望，而斷送信任自己和別人的勇氣。

《橘子醬男孩》（ママレード・ボーイ）2018

導演：廣木隆一

編劇：淺野妙子

主演：櫻井日奈子、吉澤亮、佐藤大樹

電影簡介：無法信任自己和他人，即使再多的愛，也只會充滿失望、無力的活著。故事講述小石川光希的父母離異，分別與另一對夫妻結婚，兩個家庭住在一起，組成了怪異的六人家庭。光希也因此認識到另一家庭的兒子松浦遊，光希從好奇的幻想中，不知不覺地愛上了遊……

56

◆世上真的有一種注定，注定永遠忘不了你，也忘不了當初愛上你的自己。

「有時候我害怕自己是否能愛別人，或這輩子注定只能從旁觀察。」

——《純夏時光》

每個人皆有偽裝的面具和卸不下的包袱，因為對別人的不信任和對自己沒信心，所以無法在別人面前真實地做自己。世上無人完美，真正喜歡你的人不會因為你的缺點而離開你，反而會因為你的優點而留下。與其努力隱藏真實的自己，倒不如更努力讓別人看見你的真誠。

和一個人揮霍時間和青春，那是歲月靜好中最美的事情，但最後才發現當中揮霍的亦包括自己的感情及所有能付出的動力，然後再也沒有愛人的勇氣、愛自己的能力。思緒回憶交織下的結就如早期的3.5毫米耳機，總是交纏著，難解也難放。到了失去你才知道，世上真的有一種注定，注定永遠忘不了你，也忘不了當初愛上你的自己。

P5 PLUS
HP5
38

在愛面前，我們都變得卑微，想去愛卻又害怕受到傷害，看似渺茫、離希望愈來愈遠，但當愛大於恐懼，就會勇敢起來。愛與不愛，與別人無關，也不存在對或錯，只需要為自己負責，別讓自己後悔就是。珍惜可以說出口的機會，即使會跌倒，也要為自己勇敢一次。

《純夏時光》（The Last Summer）2019

導演：威廉・賓德利（William Bindley）

編劇：斯科特・賓德利（Scott Bindley）、威廉・賓德利（William Bindley）

主演：K・J・阿帕（K.J. Apa）、瑪雅・米雪兒（Maia Mitchell）、小諾曼・約翰遜（Norman Johnson Jr.）

電影簡介：在一無所有、少不更事的時候，我遇見了讓我恍如擁有一切的你。

故事講述芝加哥的一群年輕男女們，在升大學前的最後一個夏天，有人選擇談一場短暫的夏日戀情；有人選擇向暗戀已久的對象告白，彼此的內心經歷無數次愛與痛的掙扎，而青春的愛情總是即使愛得遍體鱗傷也依舊勇往直前。

57 ◆有些人，用來思念就夠了，戳破了就不美。

「學習也好，吃飯也好，
不管做什麼都總會想起那個人。
會很在意他，會痛苦、會難過，
但還是會想要再了解他多一些，
這就是愛吧。」

——《重返17歲》

年少時，想要投入他的懷抱、投入一段愛情很簡單，變數就只有你喜不喜歡我；成年後，兩個人的愛情附加上無限多的變數。回想起學生時代，發現以前愛一個人很容易，可能只是一個令人心動的回眸，或是一個善意的微笑，已令我們墮入愛河。長大後才知道，想要單純地愛一個人很不容易，往往會因為諸多因素而使關係受到挫折。

我思慕你，你卻不曾注意我。思念從來都不是對等的，沒可能在中間找一個舒心的平衡點。思念一個人就是會失重的往一方傾斜，想要好好的斷絕，卻無從入手。想要得到一個人的思念是最叛逆的想法，明明只會換來失望，還是忍不住去想。有些人，用來思念就夠了，戳破了就不美。

思念是一種最寂寞的壞習慣，總想下定決心去戒掉，卻又在長夜裡不由自主地想起了你。沒有什麼比心裡藏著一個人更寂寞，思念無形，卻來得很重，無法輕易擺脫，也無法斷然抽離。心的空間很小，卻會為他而保留一個席位，每當想要騰出一點心力去愛自己，才發現我的愛不足以在愛你的同時，也愛自己。遺憾的是你只出現在我的夢裡，我卻不曾在你的心裡留下絲毫的痕跡。

願我們都能在飽經挫折的愛中撐過來，在人海中迎接懂得愛，亦懂得我們的人。

《重返17歲》（ReLIFE）2017

導演：古澤健

編劇：阿相久美子

主演：中川大志、平祐奈

電影簡介：如果可以重來，我們還是會做同樣的選擇。即使沒有二次人生，也要活得精彩。故事講述二十七歲的海崎新太在職場上打拚多年，仍是無法得到想要的工作，日復一日過著他糟糕透頂的人生。直到一天，他遇上自稱為研究員的男子，向他提出「重生計畫」，只要他服下回到十七歲的藥丸，便為他提供生活費。他以二十七歲的心智和十七歲的外表，重新回到學校，再一次度過高中最後一年。

58 ◆ 我們都有著永遠填補不了的缺口，卻能互相擁抱彼此的不完美。

「愛爛透了，令他困惑和害怕，
但我現在看著你，我願意為愛冒險。」

——《真愛BJ4》

愛，從來都不完美，會令人受到傷害、在午夜中默默落淚，亦會令人感到困惑，花一輩子也可能想不通。但勇敢地愛上一個人、去追求愛，慢慢地了解對方，即使不完美又如何？至少我們都在愛情中努力當個不歇斯底里的人，面對難題不退縮，遇到挫折不氣餒。多爛的愛情，只要雙方不放棄愛的本能，還是能夠不完美地相愛。

常說愛能給予我們最大的力量面對一切，但彼此的不一樣，還是會令人害怕無法共同面對未來的轉變，使我們總在遇到愛的時候退縮。但愛情中最可怕的還是長久以來社會定下的距離：性別、年齡、背景、工作，全部都可以是量度一段感情的工具，讓我們無法舒心地漠視他人眼光、衝破障礙、毫無保留地去愛一個人。

我們都有著永遠填補不了的缺口，卻能互相擁抱彼此的不完美。你是荒誕世界中唯一能讓我感到幸運的人，在不幸與災禍縱橫交錯的每一天，你成為我從過去的痛苦中走出來的動力。即使有多不堪，還是想要與你挽手面對。希望我們有一天能活在一個不管愛上誰都值得被尊重、不管成為怎樣的自己都值得驕傲的世界。

《真愛BJ4》（Playing It Cool）2014

導演：賈斯汀・里爾頓（Justin Reardon）

編劇：克里斯・沙弗（Chris Shafer）、保羅・維克耐爾（Paul Vicknair）

主演：克里斯・伊凡（Chris Evans）、蜜雪兒・摩納漢（Michelle Monaghan）、陶佛・葛瑞斯（Topher Grace）

電影簡介：愛不用解釋，我們又何苦大費周章地把愛情變得複雜？故事講述正撰寫動作片劇本的電影編劇，因經理人苦苦哀求而嘗試創作愛情片劇本，卻苦於自幼就不相信真愛而無法動筆。在一場晚宴中，編劇與朋友正討論愛情觀，一名女子過來分享她的看法，使他感到強烈的共鳴，亦因而對她動情，可惜對方已經訂婚。在多番考量下，他還是想要為愛勇敢出走一次。

59◆不容易，才讓一切更值得。

「我學到全世界最寶貴的教訓，那就是千萬別讓任何事，阻止你去追逐夢想，阻止你工作、玩樂或是談戀愛。」

——《叫我第一名》

站在夢想面前，沒有任何卻步的理由，輕易能放棄的夢想，就稱不上夢想。在追夢的過程中，我們學會對自己喜歡的事情有所追求和執著——堅持實現所想，即使世間多殘酷也不為所動，向著目標勇往直前。夢想的敵人不只有現實，還有自己。除了堅持外，還要學會如何跨越現實的難關，在夢想與現實之間取得平衡。當兩者衝突時，選擇哪一條路不是重點，而是我們願意為選擇的路付出多少努力。

曾經，我們因追逐夢想或是追隨某人的背影而摔傷；朝著無盡的盡頭飛奔，卻又撲空。成年後的生活從來沒有「容易」二字，在每個困難接踵而至時，感覺夢想愈來愈遠，漸漸不想再花心力繼續追逐。為了不成為別人的累贅而變得對自己狠心，放棄會讓自己分心的事情，告別曾擁有夢想的自己。可是在這混沌的世界裡放棄真正的自己，終究還是會迷失方向。夢想是屬於任何人的，追尋夢想更是一個喜歡上自己的過程，不容易，才讓一切更值得。

大多數人都盲目跟從別人，以為擁有與大家一樣的東西就會幸福快樂，卻看不見自己一直緊握在手的。事實上，讓我們距離自己想成為的人愈來愈遠的不是現實，而是我們沒有好好珍惜每一個選擇，活在當下。我們都被沉重的現實嚇住，使我們懷疑自己沒有資格擁抱夢想，甚至需要背棄初衷。是否能夠實現夢想並不在於顯赫的學歷，而是你有否為想要的人生而奮不顧身。

《叫我第一名》（Front of the Class）2008

導演：彼得．維納（Peter Werner）

編劇：托馬斯．瑞克曼（Thomas Rickman）

主演：詹姆士．沃克（James Wolk）

電影簡介：有一種勇敢是接受自己、敢於去做真正的自己。故事講述布萊德．柯恩患有妥瑞氏症，自小就會不由自主的搖頭晃腦，發出令人奇怪的聲音，因而經常被同學欺負，被老師視為破壞課堂秩序的壞孩子。後來轉學後，他遇到了願意理解他的校長，令他發誓將來也要變成自己夢寐以求的老師——不會歧視或者放棄任何一個學生。他的病症嚴重影響他追夢，但他從未想過放棄。

P5 PLUS
HP5
STOP
3B

60 ◆ 在眾多可變的因素和身處動盪不安的環境當中，愛是唯一不變。

「一個人如果愛著什麼，是會發光的。」

——《我在時間盡頭等你》

真心喜歡一件事情，不會因為沒有得到掌聲和肯定而就此放棄，更不會被眼前的挫折與難關擊倒而終生不起。最單純的喜歡，才能讓我們長久不間斷地做一件事，即使旁人不能理解，還是會一直堅持下去。在自己喜愛的領域中，感覺像是無所不能，甚至能把喜歡的事完美地完成。

當喜歡一件事情久了，有時也會懷疑是不是真的能把這份喜歡一直堅持下去。畢竟我們也有惰性，也會有疲倦的時候，但當我們試著停止時，才會發現這份喜歡已成了根深柢固的習慣，像毒癮一樣，不能說戒掉就能戒掉。世上很多人在做事，但只有小部分人是在做真正喜歡的事，只有喜歡才能努力把事情做得優秀，而這份優秀是會跟隨我們一輩子的。

愛讓我們擁有想要守護一件事情的原始本性，不論是守在一個人的身邊、守護著一個地方，還是堅守著自己的信念，都需要莫大的勇氣和堅定的意志。堅持從來不容易，才會讓一直默默地留守的人顯得特別重要。人生總是充斥著各種失望，也曾做過不少讓人懊悔的決定。在眾多可變的因素和身處動盪不安的環境當中，愛是唯一不變，能讓我們堅守到最後一刻的事情。

《我在時間盡頭等你》2020

導演：姚婷婷

編劇：劉遲、鄭執、浦賢、楊同坤、姚婷婷

主演：李鴻其、李一桐

電影簡介：時間一直流逝，在萬變之中，我倆不變，且不會被遺忘。故事講述正前往布拉格追尋夢想的年輕舞蹈員邱倩，遇上年紀老邁的保安林格，意外看到他的日記裡載滿了與自己過去的回憶。原來林格和邱倩本是青梅竹馬的好朋友，林格一次又一次的利用手表的神奇力量穿越時空，試圖阻止邱倩發生意外，終於身體和年紀也到了極限，面對無能為力追尋的愛情，他能否守護她到最後一刻？

61 ◆ 當我們無法和過去的自己和解，過去的一切都會像陰影般如影隨行。

「你是我長久以來碰到最好的人，我只是擔心，我配不上你。」

——《玩命再劫》

因為愛一個人，所以害怕對方因自己而錯過更好的，也因為想要守護一個人，而想將害怕化成動力，成為一個更好的人。每一個害怕讓別人失望的人，心中都有破碎之處，可能是自身缺陷，或是過去的陰影，使自己不再相信幸福，亦不想要承諾，一直深信「我不配」。如履薄冰的心態和一味退縮的態度只會讓彼此都得不到幸福，雙方都因自卑受到苦苦的折磨。

一輩子這麼長，總有一兩件事停留在心頭揮之不去——可能是無法挽回的遺憾、無法達到的期望——就會成為心中永遠的疙瘩。事實上，我們都欠缺面對過去的勇氣，缺乏繼續向前的動力。每當以為能夠放下，卻在某個時刻被某些事情觸動，心頭再次泛起了漣漪。當我們無法和過去的自己和解，過去的一切都會像陰影般如影隨行，心中的負擔只會隨時間而變重。

每個人的人生都像是負重前行，身上總背負著許多別人的期待，活於害怕造成別人對自己失望的陰影中。然而，只有自己才能對自己失望，而我們真正需要滿足的也只會是自己定下來的高度。對一個人抱有過度的期望是一件危險的事，因為無人完美，只能從不完美中盡力做好。

《玩命再劫》（Baby Driver）2017

導演、編劇：艾德格・萊特（Edgar Wright）

主演：安索・艾格特（Ansel Elgort）、強・柏恩瑟（Jon Bernthal）、喬・漢姆（Jon Hamm）、莉莉・詹姆斯（Lily James）

電影簡介：活在一個沒有未來的世界，卻遇上一個想要給她未來的人。故事講述一個犯罪集團中的年輕車手Baby，日復一日地協助犯案以償還債務，犯案期間總會搭配獨一無二的飆車歌單，而漸漸引起注目。某天，他在咖啡廳遇上真命天女而想要退出江湖，過上幸福美滿的穩定生活，卻被犯罪集團首領威脅繼續犯案。

遺憾

每個人心中，都住了無數個遺憾，可能是失去原本可以努力挽回的人，錯過再也沒有下一次的機會，沒能在有限的時間裡成為令自己驕傲的人……這些遺憾都成為沒能磨滅的痕跡，同時也成就了現在的我們。對遺憾難以忘懷，除了是討厭曾經無能為力、以致製造遺憾的自己，更多的是無法從容地面對過去無疾而終的關係、努力過後沒能得到的結果。活在一個滿是遺憾的時光，只能學會原諒自己，讓過去的真正過去。

62 ◆ 我們總是憂慮未來太多，專注現在太少。

「未來沒有人知道會怎樣，
但當下要活得精彩。」

——《美好拾光公司》

我們總是憂慮未來太多，專注現在太少，亦忘了人生要活在當下才能精彩，以致人生被未來「綁架」，未能真正自由地享受生活。活在當下不是不為未來計畫，而是要更懂得對生活的美好感恩，進而更盡力為自己的人生負責。我們往往不需要重寫過去，而是要好好的活在當下。因為沒有一刻比現在更完美，所以更要學會用心感受，亦只有從過去中認識自己，看清自己的不足，才能克服過往的恐懼，改變現在，朝著未知的未來勇往直前。

我們都曾對自己的人生有過許多懷疑，找不到人生志向，覺得自己不夠

P5 PLUS
HP5
▶38

Now

好，擔心比不上別人，懷疑自己值不值得活下來，更不相信能擁有精彩的人生。當過分執著追尋一個虛無而不存在的目標時，不但不會成功，更會令自己陷入迷失。人生總是令人迷惘，但慶幸的是我們已走在路上。只要把過往受傷的經歷化成對未來無所畏懼的勇氣，就能在大海中生存，更能找到一片屬於自己的海洋。

人生每一個下一秒，每一個明天都有著無窮的可能，我們不能預計，亦不能逃避。忙碌的日子依然要過，千鈞的重擔依然要扛，唯一可以做的就是調整好自己的心態和步伐去面對。很多時候，我們都會過分憂慮未曾發生的事，令我們在緊張中忘了享受當刻的感覺，錯過許多活在當下的機會。我們永遠無法知道下一秒發生的事情，但至少可以選擇好好享受當下的每一分一秒。

《美好拾光公司》（La Belle Epoque）2020

導演、編劇：尼可拉斯・貝多（Nicolas Bedos）

主演：丹尼爾・奧圖（Daniel Auteuil）、吉翁・卡列（Guillaume Canet）、多麗亞・蒂利耶（Doria Tillier）

電影簡介：愛上的一刻便是永恆，有你便是最佳的電影劇本。故事講述維多與妻子結婚多年，卻於暮年陷入婚姻破裂的危機。深受打擊的維多決定選用「時光旅行」公司的服務，用精湛場景陳設、演員的出色演技幫助他重溫一九七〇年代剛與妻子相識、相戀的美好時光，藉此找回對生活的熱誠。

63◆一輩子不能沒有遺憾，我們只能珍惜當下。

「遺憾是一種疾病，它會困擾你很久。」

——《逃出夢幻島》

人生由不少遺憾與失去交織而成，而大多遺憾都讓我們不願原諒自己。所有事情一不小心就會無法挽回也無法彌補，落在心中一輩子，我們唯一能做的是避免製造更多遺憾。過去種種傷痛不是用來束縛我們的未來，而是教會我們不要再因怯懦而卻步，不要再因過去而拒絕接受別人。人生在世難免會有無法實現的夢想，或想彌補的缺憾，更會有各自最想擺脫的人和事，唯有選擇正視問題，面對過去，才能真正放下一切。幻想永遠不能變成真實，只有付諸行動才有實現的可能。

人一輩子都不停地和時間賽跑，浪費時間的人會覺得時間像個小偷，不知不覺間一直偷取我們許多珍貴的東西；善用時間的人則會在歲月中得到種種體驗。正因為一輩子很短，時間有限，唯一能做的就是不要讓人生留下太多的遺憾。

我們都沒有太多時間為別人而活，滿足別人的期待不是我們的責任，自己的人生只要不讓自己失望就已是成功。我們都不喜歡遺憾，更會努力去避免製造遺憾，偏偏透過遺憾我們才學會重新審視關係——一個人的離開會更放大你對他的喜歡。失去一個人，可惜但不可憐，沒有什麼比起活在一個人的心裡更難磨滅。若有這麼一位曾和你相愛過又分開了的人，比起憎恨對方，我們更應學會將那些共同回憶收藏在心中不會傷害到你的角落。

《逃出夢幻島》（Fantasy Island）2020

導演：傑夫．瓦德洛（Jeff Wadlow）

編劇：傑夫．瓦德洛（Jeff Wadlow）、克里斯．羅赫（Christopher Roach）、吉莉安．雅各布斯（Jillian Jacobs）

主演：麥可．潘納（Michael Peña）、瑪格麗特．丹妮絲．奎格利（Maggie Q）、露西．海爾（Lucy Hale）

電影簡介：世上沒有必然的奇蹟，實現願望還是得靠自己努力。故事講述一群幸運的人，因不同的原因來到夢幻島渡假，島主會實現每個人的一個夢想。眾人半信半疑的經歷了如夢似幻的時光，才發現這些都只是虛擬幻象，而夢幻島藏著更大的陰謀，使每個人都身陷險境。

64 ◆ 人生這麼短，不要活得不痛不癢的。

「有很多很想做的事，卻只停留在嘴上，
等到想去做的時候才發現，
其實從來不存在來不及這回事。」

——《滾蛋吧！腫瘤君》

比起害怕失去，我們更怕來不及：來不及珍惜所愛、來不及達成所願。死亡比想像來得輕易和突然，雖然抹不走我們在世時的價值，卻會令我們對自己的未來感到無能為力。站在死亡面前，我們就會知道每多活一分鐘也是幸運。既然死亡是預知不了，亦不能避免，就應該好好把握生命的每分每秒，哪怕很短暫。

有什麼事情想做，現在就去做，不要等，不要再為別人的目光而拖延、不要再為自己的擔憂而拒絕。生命就只有這麼一次，值得我們為自己更加發光發熱。死亡可能沒有我們想像中的可怕，可怕的是留有遺憾，那些沒有說出口的話，那些還未實現的願望，就一直停留在逝去的記憶中。

人生總是不容易，即使有完美的計畫，還是會有意外發生，總是存在期望的落差、沒有圓滿的結局，也正因如此而使我們在跌跌撞撞中成長，學會接受更多預期以外的事情。人生這麼短，不要活得不痛不癢，用心做好每一件想做的事情，在乎每一個值得的人，珍惜每一個跌倒、能再次站起來的機會。

當時間急促流逝，才會發現一切的終結都避無可避。當我們覺得生活很痛苦，會想要停止感受一切，也總是浪費時間去爭執一些有的沒的，但生命來到盡頭，才會意識到時間的重要性——要讓我們把握當下去抓緊幸福的可能。時間是不可逆的，永遠再也不能重來。

《滾蛋吧！腫瘤君》2015

導演：韓延

編劇：袁媛、張維重

主演：白百何、吳彥祖

電影簡介：人生中經歷的一切不如意，只是為了鼓勵我們去為生命瘋狂一次，不要再躲在「害怕」的背後虛耗光陰。故事講述熊頓在二十九歲生日的那天，遇到種種最糟糕的事情：被老闆無理解雇、遭遇極品男友劈腿、更驗出患上絕症。在醫院的最後時光中，與幾個特殊的人相遇，而每個人都從熊頓身上得到為生命堅持下去的力量。

65◆有太多無疾而終的感情，本來或許能一輩子的。

「兩個人在一起的時候，只有自己做得好，是不夠的。」

——《花樣年華》

兩個人的關係，就像是蹺蹺板上的兩端，一方盪得高，另一方就自然處於下方。只有平等地付出和尊重，才能讓雙方保持在平衡的狀態。在一起時得到陪伴的力量，不在一起時亦有獨處的自由。關係容易破碎，是因為得來不易亦難以強求，多做或少做亦能影響關係。在關係上飽經誤解與痛失後，漸漸地不再相信自己，也失去愛人的能力——在我們害怕付出的同時，也在失去對方、失去本屬於我們的愛情。

經歷過了幾段感情就會發現，找一個相愛的人很難，找一個能跟得上彼此節奏的更難。愛情正是因為雙方的不同而完美地組成一個圓形。比起不同的生活背景，有著不同的社交圈子，有不同的喜好、夢想等，兩人的節奏同步更為重要，其中一方稍微落後了一點點，都顯得差距甚遠。不同步的人不是不可以相愛，但雙方身處不同的頻道是永遠無法真心聽到對方的聲音，因此而產生的所有衝突，都會增加摩擦，最終淪為「不適合」的對象。我們不用刻意為別人改變自己的節奏，真正的同步需要彼此都舒服自在，就算有不同意見也能和而不同。

有太多無疾而終的感情，本來或許能一輩子的。錯過是人生中司空見慣的事，在最美好的時光，遇上心儀但身分不相配的人，愛一個人有錯嗎？不愛一個人也有錯嗎？害怕做出錯的決定，但不做決定也是錯，我們終究無法清楚定義對與錯。或許令自己陷入痛苦的才是最錯誤的決定，愛不愛一個人也煩惱，何不勇敢去愛一場？

《花樣年華》2000

導演、編劇：王家衛

主演：梁朝偉、張曼玉

電影簡介：在最美好的時光裡，有著無瑕的你，而我卻甘願用錯過去換來最深的等待。故事講述在一九七〇年代的香港，盛行多戶人家共租一間公寓，因而譜織出一段沒說出口的愛戀。各有伴侶的周慕雲和蘇麗珍住在同一公寓，兩人發現伴侶跟對方的伴侶出軌，在無數個互相陪伴的晚上下互生情愫。

P5 PLUS
HP5.
▶3B

2
4
6

錯過

心裡一直最放不下的人，不是曾經愛過然後沒結果的前任，而是那些如風景般、轉眼便錯過的人。錯過的傷痛會伴隨著我們許多年，因為從未擁有，所以備感可惜。我們都希望生活如劇本般，能夠與錯過的他重新相遇，重新把握愛的可能，可是人生多轉折，卻從來不存在回頭。錯過了的人意味著彼此不適合走在一起，重遇也只是浪費時間，換來更大的悲痛。我們都需要承認，得不到的才是最美，而錯過了只能懷念，彼此都需要時間令一切淡忘，繼而走向人生的下一個章節。

66 ◆ 有些人不管多努力，還是無法留在身邊。

「錯過了的幸福，已經是人生的一部分。」

——《梅艷芳》

不可多得的相遇、無可奈何的一再錯過，耗盡全力的想去挽回，最後痛定思痛的放棄。我們總是離不開這幾個故事章節，重重複複、來回折返。執念還是把我們重重圍困著，經歷了許多，但一直到不了結局，使我們不得不相信，有些人不管多努力，還是無法留在身邊；有些關係多捨不得，還是要放下。可能是命中注定相遇，也是命中注定要錯過。

人生大部分都是由「失去」所組成的，失去的總比擁有的多，但每一個「失去」的經歷都成就了現在的我們。錯過的、失去的，我們永遠追不回，過分沉醉在已流失的，只會讓我們錯過眼前真正重要的事情。曾想過要去計算怎樣維持避免失去的距離，後來才發現，會失去的終究不曾屬於我們。錯過不見得可惜，失去不代表不能再次擁有。

P5 PLUS
HP5
▶38

我們總是習慣把想法停留在想像，而沒勇氣把它實現，一直為未有實行而找理由，一味安慰自己不敢前進也沒關係。就這樣許多年過去了，才發現錯過的不只是機會和時間，還有那個想要為自己而努力的自己。每一次回想自己有多想要實現夢想，有多想要靠近一個人，想著想著就灰心了，每次都離目標這麼近，卻總是敗在自己的勇氣不足。

《梅艷芳》2021

導演：梁樂民

編劇：梁樂民、吳煒倫

主演：王丹妮、劉俊謙、廖子妤、古天樂

電影簡介：思念一個人是最深遠的事情。故事講述一代巨星梅艷芳傳奇一生幾個重要時刻——四歲唱歌表演養家，參加新秀歌唱比賽正式入行；之後事業扶搖直上，舉辦人生的第一個紅館演唱會；實現歌影視三棲，榮獲雙料影后；與知心好友張國榮的相知相遇。在人生的最後一段路，她仍然選擇站上舞臺，以歌向樂迷告別。

67 ◆ 不適合的衣服，再好看，也只能擺在角落。

「如果我真的沒有追到你，你可可不可以答應我，一定要找個比我更喜歡你的人在一起。」

——《一吻定情》

愛很自私，同時又讓我們變得無私；愛是為彼此祝福，即使能讓對方快樂的不是我們。我們都需要勇敢的承認自己或許是不重要的，不管曾付出多少心力去在乎每一個人。習慣了失望，就學會不再期待。當有天你覺得獨立了，可能就是因為不想再在對方背後等待轉身。有一種不甘心是連曖昧也不配擁有。不適合的人，就像不適合的衣服，再好看，也只能擺在角落。

兩個人縱使互相喜歡對方，亦不代表所有事情都能「同步」，大概許多關係都是在這樣的情況下誤解，甚至失去。或許身邊都曾出現過「百分百」的對象，但基於長時間的友誼基礎，都令我們搞不清楚與對方之間是朋友，還是戀人的愛。

在愛情裡面，努力不一定有用，正如我們永遠沒法叫醒一個裝睡的人，我們同樣無法感動一個不愛我們的人。愛情不是等久了就有空缺，先來就一定先有位置。我們可以存有等待愛情的耐心，但不能任誰來浪費我們的真心。

有些人總將自己排到優先次序的最後，總是先關心別人、愛別人比愛自己更多，他們之所以願意付出更多、努力照顧別人，是因為他們不相信自己值得被愛，或是一直在等一個人去愛他。我們無法把自己沒有的東西給予別人，不懂得愛自己，同樣地也不會懂得去愛別人。即使付出了許多，也可能只是一種錯誤的方式。

《一吻定情》2019

導演：陳玉珊

編劇：曾詠婷、黃繼柔

主演：王大陸、林允

電影簡介：暗戀是最苦的痛，同時也是最不對等的關係。故事講述原湘琴是個頭腦不發達的高中生，暗戀高材生江直樹多年，沒想到二人的爸爸是好朋友，一次意外搬到江家，就此展開和直樹同住在一個屋簷下的新生活。湘琴的出現為直樹沉悶的人生帶來了一連串脫軌的意外，二人開展長達六年的女追男攻勢。

68◆顛簸世界裡，他是唯一美好的風景，百看不厭，且想要好好一直守護。

「不管你在世界的哪個地方，我一定會再次去見妳的。」

——《你的名字》

喜歡上一個人的感覺能敵過時間的洗禮，不論相隔多遠，對他的情意一直繾綣。會愛上一個人不是因為他是誰，而是他的存在對於我們來說是獨特的，共同擁有的記憶成為了彼此生命的一部分，在人海中相遇，也在人海中走散，只希望能在生命僅餘的時光中再與你邂逅。

曾有那麼的一刻，我們不知為何而悲傷，感覺失去了生命中最重要的事情，然後終其一生努力尋找，我們並不知道想要尋找的是什麼，當找到的時候，就會感覺對了。命運把我們編織在一起，從相遇的那一瞬間，我們就開始編入彼此的生命裡。我們或許隔著萬水千山的物理距離，仍絲毫不差地走進了彼此的內心。漸漸地，我們會為對方勇敢起來，為生活跨出了一大步，比起另一個平行時空的我們，這個世界的我更希望與你交換身體，為你打造一個渴望已久的咖啡廳，為你抵抗世間的冷言冷語，為你活出更好的生命，為你而勇敢。在那些相遇的日子，互相為對方生命帶來了非凡意義，我跟你之間確定的情感就成了生命中最大的小幸運。

終究會有一個人讓你想要從急促的生活中停下來，想要和他一起感受靜下來的時間。儘管世界再動盪，生活多不堪，也想要對愛堅定，對他專情。愛上他、為他而付出，一切都恍似日常般。顛簸世界裡，他是唯一美好的風景，百看不厭，且想要好好一直守護。

《你的名字》（君の名は。）2016

導演、編劇：新海誠

電影簡介：忘記總比記得難，在盛行放棄的年代裡，我們如此的相愛著已是最難得的事情，能否跨越距離，為彼此勇敢一次？故事講述生於東京的高中生立花瀧，某天起床發現與歧阜縣的女高中生宮水三葉交換了身體，其後交換不時會發生，二人定下規矩，讓彼此好好的為對方過活，從中雙方也體驗不少自己不曾預想過的生活，使大家的人際關係也產生變化，直到一天他們不再交換身體，才發現令人震驚的事實。

P5 PLUS
HP5
3C

69 ◆有些人，比起挽留更適合錯過，留在身邊只會傷害自己。

「可能青春就是這樣，
到頭來才發現自己最喜歡的那個原來早就遇上了。」

——《百分百感覺》

有些人，比起挽留更適合錯過，留在身邊只會傷害自己，阻礙得到幸福的機會。另外也有些人是即使錯過也不代表緣盡，人生這麼長，還是有機會再遇。我們都從一個個遺憾當中，體會到愛一個人的真諦——適時勇敢去愛值得愛的人，別讓流逝的時間教會我們珍惜。

懷念過去，不只是懷念某段難以忘懷的日子，更是懷念當時的人和事，甚至是當時的某種狀態。我們總對青春有著許多情結，那些春春的記憶，總帶給我們許多感觸和反省。除了記掛往昔美好的時光外，偶爾亦會後悔當時自己做的決定、錯過的事情。青春注定會得到點什麼，亦同時失去點什麼，這才會豐富我們往後的人生。

人來人往，我不確定你會待多久，你也不確定我會否是最後一個。愛沒有保險，不能確保失去後的賠償，也沒證據去證明愛過，就這樣彼此抱著懷疑去面對不確定性，最後就在不信任下錯過。沒什麼好抱怨，錯失也不是最可惜。遺憾的是你的好，我留不住，我的獨特，你也再找不到。

《百分百感覺》1996

導演：馬偉豪

編劇：馬偉豪、鄒凱光

主演：鄭伊健、葛民輝、鄭秀文、梁詠琪

電影簡介：活在你的陰影下太累，而你總是走得太遠，終於有一天我不想再等待，就此告別彼此。故事講述Jerry、Cherrie、許樂從中學時期便是好朋友，Cherrie長相平凡，被二人視作男生看待，即使一直暗戀Jerry，也從未有勇氣告白，只能以好朋友的身分陪伴對方走過一段又一段戀情。

後記

在傷痛中
交換痊癒日記

活在世上，每天都有受傷的可能，無處可避，只可以硬著頭皮去面對。不想要對痛苦麻木，因為這樣同時也會對快樂麻木。想要得到被理解的溫柔，讓自己走過低谷，可是一次又一次地被現實擊倒，也被深深地傷害。時間從來沒有為誰而暫止，傷痛也不會被時間所凝固，看著日曆一天一天的被撕下，終究有天還是能釋懷，留下永不磨滅的傷痕。生活就像月相一樣，總有陰晴圓缺，不免要面對相聚與分離、歡笑與悲傷。只有隨時間的流動，用盡全力去感受所有生活帶來不可多得的感覺，才能在黑暗之中看到月光折射出來的光芒，在這片人間煙火中當一個最溫柔不已的自己。執筆記下每一天的心情，每一件讓我們失望的事情，記錄當初是如何走過，療癒歲月中留下來的傷口。

· *DAY 1* ·

新月

再見是＿＿＿＿＿＿＿＿＿＿。

再見是揮霍後的凋零。

不想要道別時難過，所以任何事都選擇放輕，
人間處處充滿著離別，而我們永遠都不會準備好。
再美好的，終究會消失、會改變，
而且總是讓人猝不及防。

◆◆◆

曾幻想過我們擁有很多時間去豐富彼此的生命，
一起度過那些不曾有意義，而且萬分討厭的節日。
在回憶資料庫中留下太多的共通語言，
面對你的離別，感覺一切都與我的心意違背，
如果這是你所想的，還是會盡力配合，
既然你已放手，我又何必糾纏不放。

◆◆◆

在這個流行離別的世界裡，慶幸我們能好好的告別，
我們成了彼此的過客，但願我們之間不要成為過眼雲煙，
每個相遇都有著意想不到的意義，遇見誰都是最好的安排，
感激在飛過人間草木時，你成為了縫隙中的一點光。
謝謝。

· *DAY 2* ·

既朔月

距離讓我們＿＿＿＿＿＿＿＿＿＿。

距離讓我們停滯在某個時刻。

活在大家都愛擁抱手機的時代，
以為訊息能融化距離，
反而讓人想得過分地多，
有時候無法理解有些訊息被遺忘的原因，
無法從交流中緩和因距離而造成的不安，
日復一日的過去，有天還是會漸行漸遠。

◆◆◆

我們都是如此不安地在訊息傳送之間喘息，
情緒受著已讀不回、不讀不回的循環牽引，
開始有點不明白訊息功能存在的用意，
可能是愈在乎的人愈是猜不透，
不想再躲在訊息背後猜度心意。

◆◆◆

我們好像都沒有好好利用訊息的便利，
反之讓它成為滋長不安的心病，
我們能不能學會從日常中擁抱彼此的不安，
多做一點，多設想一下，
別讓彼此原本靠近的心因距離而走遠。

· *DAY 3* ·

蛾眉新月

得不到的美好總是＿＿＿＿＿＿＿＿。

得不到的美好總是不容易稀釋。

「和好如初」跟「失而復得」，
一樣令人欣喜，
卻隱含著再次失去的不安。

◆◆◆

總是有種未失去已想先行離開的感覺，
因為無法面對，寧願逃避；
因為曾經在乎，才會言不由衷；
因為真的痛了，於是驟然離開。
時常保持失戀的感覺，才不會在真正失去時痛徹心扉。

◆◆◆

時間會帶走所有的不情願，
會沖淡原本最深入內心的感覺，
見證過太多愛得轟轟烈烈，最後也逃不過形同陌路的結局，
或許不是沒有了感覺，只是害怕去感受，
失去雷達的我就只能在無垠的太空中飄浮，
直至能夠重新定位。

· *DAY 4* ·

蛾眉新月

心中的空洞無非是過於＿＿＿＿＿＿＿。

心中的空洞無非是過於想念你了。

假裝沒所謂，才是最在乎，
曾經小心翼翼地在乎你，
面對你時又會自卑得不知所措，
這樣的我終於真的累垮了，
再多的熱情也被你消磨得一乾二淨。

◆◆◆

過客還是要有過客的自覺，不能自私的停留，
無論是否願意，時間還是會推著我們向前走，
有些告別，再大的力量也未能阻止，
面對別人對自己的在乎，反會懷疑那份真心是否真實存在，
明明想要表達在意，卻說服自己要保持距離，
不自覺地把愛與不安感連結在一起。

◆◆◆

我們想愛，只是連自己也不懂得如何去愛，
我們忽冷忽熱，只是因為沒有勇氣坦承自己的真實感覺，
一旦感情陷入，反而更想逃跑，
這樣逃避依戀是一種人格障礙，
有多愛就有多糾結，就是沒法舒心的表現愛。

· *DAY 5* ·

蛾眉月

沒有人真的能＿＿＿＿＿＿＿＿。

沒有人真的能如初如故。

感覺與你的所有事情愈拉愈遠，猶如在太空中失重地飄浮著，
到底是要拚命挽回，還是拚命假裝無恙？
時間久了，堅持多了，
可能不再是想要挽回些什麼，
既然沒法結束眼前讓自己心痛的事，
唯有斷然終止對這一切的感覺吧。

◆◆◆

多年的感情不代表一定能走到永遠，
歲月的流逝就像無情的篩子，
不停地過濾著身邊的人。
我們總想著伸手去拉著溜走的人，
即使有多想、多捨不得、多用力的挽留，
每段關係會面臨分岔路口，
失去一個又一個曾經肩並肩走著的人。

◆◆◆

在曾試過奮不顧身、不顧面子的去挽留一個人，
就會明白要走的始終都會離開。

· *DAY 6* ·

夕月

________________就是結束關係的最後一句對白。

「沒關係」就是結束關係的最後一句對白。

我們都想要追求不會過期的感覺和關係，
但話題終究會終結，關係有天還是會結束。
距離遠了，沒談上幾句，從此就是天涯。
沒有聊不完的話題，也怕主動成了煩厭的打擾，
於是沒找、沒說、沒見面，
關係就在這個循環下無聲結束。

◆◆◆

世界太大，轉眼間就從年月中，沖散人與人之間的感情，
當初的關係深厚，當天的哽咽不捨，有天還是會轉淡。
再想起時，那個人也只不過是生命中的一個過客——
一個對方想不起自己，自己卻一直未能忘懷的過客，
在急速變奏的世界裡，我不奢求我們能永遠不分離，
但求在各奔天涯時不要忘記對方，
答應我，好嗎？

· *DAY 7* ·

上弦月

身陷其中的我們從來不存在＿＿＿＿＿＿＿＿＿。

身陷其中的我們從來不存在「旁觀者清」。

失去了以前無所畏懼地喜歡一個人的勇氣，
長大後覺得遇到能夠舒心地相處的人很難，
即便有感覺也寧願隱藏心意，
簡單地當個朋友就好。
有感覺卻不願承認，大概是一種無可奈何的就範，
沒感覺卻不願否認，只是一種善良下的殘忍。

◆◆◆

每個人都沉溺於假裝互相是朋友的關係，
進可攻、退可守，可是這樣又能維持多久？
看著那個內心溫暖，想要把希望填滿你生命的她，
比起全然黑暗，無法抵抗傷痕愈發擴大的我，
還是好好收藏這份極致而無可達到終點的喜歡，
感激在歲月靜好時遇見，感激在分別時留下來，
感激曾成為生命中為數不多的溫柔，
這些，都值得了。

· *DAY 8* ·

上弦月

我不愛世界是因為＿＿＿＿＿＿＿＿＿。

我不愛世界是因為我們不愛了。

也許我們就是沒有決心停止一切，才讓傷痛一直蔓延；
也許我們就是沒有勇氣正視過去，
才讓傷口沒有得到真正的復元，
這才讓在乎成為傷害自己的最大武器，
關係不像一本書般，有開端、有結尾，
往往停留在某些情節，就沒法再走下去，
再多的努力只是徒勞無功的掙扎。

◆◆◆

用心的請求終究也敵不過你離開的決心，
當事情無可挽救的時候，開始痛恨當初的相遇，
後悔卸下心防的去靠近，才會落下今天捨不得的局面。

◆◆◆

隱藏限時動態，關掉訊息通知，
中斷接收所有與你有關的資訊，
甚至想要中斷僅餘的脆弱關係，
當初明知道徒勞，還是想要去改變，
被感覺主導所有，不顧一切地前往，
後來成了把自己牢牢地困住的執著。

· *DAY 9* ·

九夜月

__________都是毫無意義的。

沒人發現的吶喊都是毫無意義的。

有時候，因為害怕被別人發現後拒絕，
我們會刻意去忽視心底裡的在意，
自欺欺人的去假裝不在乎。
愈是遠離，愈是忍不住去想；
愈是逞強，愈是離真正的堅強愈遠。
不知道從何時開始，我們活得不再自信，
不再勇於說出心底的感受，
害怕被人嫌棄，無法坦然活出真正的自己。

◆◆◆

比起堅強，更需要的是假裝沒事；
比起真話，大家更需要的是預設答案。
只要配合所有人的步伐，就不會出錯，
那個被年月遺忘的自己，就一直好好埋葬吧，
瑟縮在角落中，等待時間的過去，
內心的洶湧終歸有天還是會平靜下來，
那時候，一切就會好了。

· *DAY 10* ·

宵月

你讓我想要＿＿＿＿＿＿＿＿＿＿。

你讓我想要心痛的愛著、活著。

想知道你心裡在想什麼，想讓所有付出都變成值得，
但是不知道答案也好，這樣才可以一直保持幻想。
縱使你沒說我也明白，
喜歡上你需要保持適當的距離，才能走得更遠，
只有在你想見我的時候，見面才會有意義的。

◆◆◆

有時候感覺養貓和暗戀一個人很相似，
你可以很喜歡他，但絕不能讓他知道，
大概表現七分在乎就好，不然愈在乎的愈容易被落下，
唯一不同的是，貓不會離開，
但人很容易失散於人海中，再也不相往來。

◆◆◆

我希望在我未瀟灑離場之前，能一直好好地喜歡下去，
就算一直讓你蒙在鼓裡，也想用我的節奏去在乎，
我愛我的喜歡，而這般的喜歡放在心裡就好。

· *DAY 11* ·

宵月

你帶來的＿＿＿＿＿＿讓心中的春天一直埋葬。

你帶來的驟雨讓心中的春天一直埋葬。

有些說話說了就等同再見，
有些說話沒說就從此天涯。

◆◆◆

我們總是沒能珍惜每一句說話，
縱然有著訊息這般方便的替代品，
我們卻利用它去逃避一切應該要確實面對的情感，
變得更會偽裝，或是不留情面地去隱藏所有在乎的心意，
與其說現在的人厭倦了談電話，
不如說人們是害怕直接面對情感，
躲在輸入框的背後好去掩飾自己的不確定，
有時候更沉溺於掌控對方對回覆訊息的期待，
刻意拖延回覆時間，來假裝自己不在乎，
收發訊息是一種你追我躲、互相不願直接承認情感的工具，
可能是源於自我保護，也可能是日漸疏遠的表徵。

· *DAY 12* ·

宵月

我只會是你微不足道的＿＿＿＿＿＿。

我只會是你微不足道的曾經。

我們都曾用盡全力為一個人而留下來，
為一個人而保持最真實的自己，
為一個人而抵擋所有心碎和疼痛，
難道這樣的我們不值得被愛嗎？
那些我們愛過的人，都成了我們的軟肋，
仍舊期待他們轉身奔赴我們的一刻，
期待他們決意不離開的堅定，在經歷過無數的失望後，
才發現對方的存在就是對自己最大的折磨。

◆◆◆

沒關係的，你終究還是會從我的記憶中褪色，
只是比不上我愛你的速度。

◆◆◆

有時候恨一個人，只是不想要忘記他的唯一選擇，
沒能愛，至少也能恨，
相恨之間，發現只有破碎的自己，沒有受傷的他，
獨自在自己的世界裡崩潰，獨自看著這個遺失了他的城市，
任風再大，心還是堅定不移，
任愛再深，你還是拂袖而去。

· DAY 13 ·

漸盈凸月

當一切不再如常，我們也不再＿＿＿＿＿＿＿＿＿。

當一切不再如常，我們也不再感激曾經相遇。

我怕了，
怕你其實覺得我的一切都很厭煩，
也怕我對你的依賴，成了對自己最深的傷害。
我們之間因補給不足而開始虛弱耗竭，
於是，有天，一切不再如常了。

◆◆◆

每一段走不到最後的關係都成了心中的陳年水垢，
可能就是無法再禁得起傷害，
所以忍住了想找你的衝動，
我的惆悵，你不會懂，我也不想說，
那些曾經約好每年要一起過的節日，後來都不想再過了，
只想隨著時間過去，裝作一切很好。
之後，
我們對彼此的了解僅限於限時動態，
彼此錯失在流水般的年華中，再能看見對方身影已是白頭。

· *DAY 14* ·

小望月

哭的是__________________，你懂嗎？

哭的是失去與遺憾，你懂嗎？

人生中，總有些歌在你聽到時會忍不住嘆一口長氣，
念念不忘的不是那個人，
耿耿於懷的只是那段無言的曾經。

◆◆◆

無論經過多少冬與秋，
還是揮不去曾經的疼痛、抹不走留下的淚痕，
有時候會想，是不是道歉就能撫平傷口，
不完全能吧，那些缺口只會一直都在，
可能也只是想找個藉口去恨一個人，
很想尋求釋懷的可能，
去原諒、去接受、去停止折磨自己。
可惜答案從來不在別人身上，
臉書的當年今日，
提醒的不是我們美好的過去，
而是無法抵達的未來，
更可能是沒法釋放自己的怨恨。

◆◆◆

離開以後，我們都是彼此的缺口。

· *DAY 15* ·

滿月

什麼也帶不走，除了＿＿＿＿＿＿和＿＿＿＿＿＿。

什麼也帶不走，除了悲痛的回憶和虛偽的自己。

倘若你不能接受我的悲觀與脆弱，
你也不配擁有我僅餘的正向與堅強。

◆◆◆

有時候，社會灌輸的「正能量」很傷人，
讓我們不得不把自己真實的情緒藏起來，
曾想要努力裝作快樂，想要傳播別人期待的正能量，
可是假性正能量，只會讓自己更可悲。

◆◆◆

人總是情不自禁去折磨自己，
為不珍惜我們的人而勞碌奔波，
有多用力的付出，就得到有多深的傷害，
沒能在時光飛逝中，好好去愛自己，
弄得自己這樣累的同時，也使人疲累，何必呢？
忙碌，並不會增加生命的價值，
只會令我們忽視身邊所有美好的事情，
人生太多疲倦不堪的時刻，都是咎由自取，
人累了，就要回家，
心累了呢？就要重新回到真正屬於自己的世界。

· *DAY 16* ·

既望月

我想你是＿＿＿＿＿＿＿＿＿＿。

我想你是永遠醒不來的夢。

想要得到一種令人放心相信的安全感，
不論話題有多單調，彼此也有著不想完結的默契，
不用擔心未能見面會疏遠彼此的距離，
想念就約見，想起就致電，
關係中的舒適感大概如此。

◆◆◆

人總是過後才把事情看得更清楚，
可是心中太多無形的恐懼，
成了彼此之間無形的隔膜，
終究是我們的懦弱讓我們錯過了。

◆◆◆

我們都活在一個充滿悲傷與傷害的世界裡，
每個人生存就必須避免期望，也就能避免失望，
於是不再相信美好的存在，
就像是遺失了其中一塊的拼圖，
只落下一個空空的位置。

· *DAY 17* ·

立待月

心靈裡的隙縫，只有你能＿＿＿＿＿＿＿＿。

心靈裡的隙縫，只有你能輕易的觸碰。

我們有運氣相遇，卻沒有運氣得到生命中的一種剛好，
每當以為幾乎要得到幸福的時候，總是不小心地錯開了。
有時候感覺就只差那麼一點點，
可就是我們永遠到達不了的距離，
正因為感覺很近，才教人不想放棄。

◆◆◆

那天的一個瞬間，隱約感覺對了，
把自己毫無保留的交出來，從沒有想過要收回來，
卻沒想過被遺棄在資源回收區，
一直等待被「還原」，或是「永久刪除」，
好像再努力，也抵擋不過我們之間的一個「可是」，
你說，說出來是一種勇氣，還是不說出來是一種堅持？

◆◆◆

或許，真正能令自己痊癒的方式就是，
不再祈求從你口中得到答案，
也不再觀察你的一舉一動來猜測心意，
沒跟上來的幸福，就讓它隨風飄散吧。

· *DAY 18* ·

居待月

恨歲月奔流下帶走了一切，卻沒帶走＿＿＿＿＿＿＿＿。

恨歲月奔流下帶走了一切，卻沒帶走殘存的記憶。

聖誕並非為了逃避孤獨而用節目、約會去填滿時間的節日假期，

再忙碌、再多的約會，也避不過寂寞的心，

事實上，寂寞不只限於節日，

只是節日放大了對某些事情的渴求。

◆◆◆

人大了，卻沒多大的自由，

有家了，卻沒有人能分享快樂與辛酸，

沒人一起喝著如水一般清淡的啤酒通宵暢談，

只有獨個兒在燈火通明而空蕩的家，看著靜音的電視。

◆◆◆

好久不見的不只是那個回憶中的你，更是漸漸消逝的我，

時常練習再見面時會說的話，好像也只剩下冷冰冰的訊息——

「生日快樂」、「中秋快樂」、「聖誕快樂」……

◆◆◆

我還在努力走在沒有你的路，

有天一切也會過去……

始終也會適應……

慢慢就……慣了。

· *DAY 19* ·

寢待月

為你而活成＿＿＿＿＿＿＿＿。

為你而活成一座孤島。

以為已經足夠成熟的學會放棄，
但總是處於矛盾之中，
人太容易丟棄些什麼，於是不再想成為誰的誰，
這樣就不會被落下了。

◆◆◆

以前想要靠近一個人的勇氣，
如今變成想要遠離一個人的退縮，
渴求的那份卑微的愛終將石沉大海，
寧願瑟縮在無人認領的失物認領處。

◆◆◆

愛著一個不見得能看見我們存在的人，
聽不見的寂寞，是否不會有人懂，
看不見的身影，是否就不會再想念，
終究用盡了全力，還是不如別人的光芒，
黯淡無光的星塵還是依舊在無邊的黑夜中努力著。

◆◆◆

我想我不會再想念你，因為很重、也很痛；
我想我會一直想念你，因為這是唯一我能做的。

· *DAY 20* ·

更待月

錯過了你以後，再沒有____________________。

錯過了你以後，再沒有多餘的力氣奉獻溫柔。

渴求別人的好，得到後卻害怕無力奉還，
更害怕會有完結的一天，
想要為在乎的人付出，
但又怕陷入痛苦的邊緣，
明知道自己不是不想做，
只因心中無法釋懷的恐懼與不安而逃避，
這種懦弱令人很無助。

◆◆◆

可能是單身久了，
或是對生命中大部分的事情都失去信心，
才令戀愛雷達失靈，
心底裡的一部分，還是希望自己能被愛，
可是比起想多了後的失望，
寧願閉起耳朵、蒙著雙眼，
即使收到微弱的訊號，也假裝什麼也沒有，
可能我們都過了毫無保留、主動去愛一個人的年紀，
有勇氣相愛，但沒有勇氣去冒險。

· *DAY 21* ·

漸虧凸月

長大了以後就再沒有＿＿＿＿＿＿＿＿＿＿。

長大了以後就再沒有「無條件相信」。

冷凍式處理所有關係，
才能確保雙方在最安全的距離下保護好自己，
不用過於付出、怕受不起也還不來，
不必過度關心、怕泥足深陷，從此留下陰影，
不是你不重要，也不是我不值得，只是過於親近只會受到傷害，
對世間美好的事情保持不信任的狀態是對自己最好的保護方式。

◆◆◆

或許這世界從來都不值得我們去相信，
爛人、爛事不斷在生命中重複地上演，
這些年都是一直如此的走過來——
「我沒有朋友。」「一個人也可以。」
「我不需要被愛，也不想愛人。」
就是如此偏執的活在只有自己的縫隙裡。

◆◆◆

在想要逃離深淵，才發現自己就是最大的深淵，
裡面有著無盡的蔓珠沙華——花開葉飛落，葉生花凋零，
相看卻不能相依，相聚卻是形同陌路，
互不相見，生生相錯。

· *DAY 22* ·

下弦月

＿＿＿＿＿＿＿＿是永遠沒法說得雲淡風輕的長篇故事。

傷痛是永遠沒法說得雲淡風輕的長篇故事。

所謂的堅強，也只不過是在否認脆弱的存在，
或許就是永遠無法從過去的傷痛中復元，
也無法完全卸下心防的去相信、去接受，
迷失中尋求引領的曙光，帶著渺茫的期待一直前行。

◆◆◆

流浪的時間愈久，愈不知道哪兒才是所謂的歸宿，
漸漸燃盡了能量，只是麻木地一直走下去。

◆◆◆

太多轉變，太多突如其來、令人措手不及的意外，
即使計畫再多、再完美，恐怕只是迎來更多的失望，
現實就是有多認真努力也好，一切都殘酷得不由人，
後來想通了：
人生在世，每天都會經歷更壞的事情，
生命不乏的就是壞人和壞事情，
努力避免成為那些不想要成為的壞人，
不做那些根本沒用的壞事情就好了。

· *DAY 23* ·

下弦月

你是＿＿＿＿＿＿＿＿＿＿＿＿＿＿＿＿，永遠不會出現。

你是荒蕪沙漠裡最渴望的一場雨，永遠不會出現。

你想著某個人，什麼歌都能代入，
上一刻，你會是那一首只唸歌詞也能沾濕眼睛的歌，
這一刻，你會是那一段無人演唱，卻使人痛入心扉的間奏，
拚命的裝作無恙，還是出現了想念你的空隙。

◆◆◆

努力拼湊出我們相愛的證據，
希望得出一個滿意的結論，
可是一天沒等到他的一句愛你，一切也只是空想。
要怎樣才能好好埋葬對你的愛，
好騰出一點好好愛護自己的空間？

◆◆◆

不管是朋友、曖昧對象，或是準戀人也好，
就像臉書，彼此都需要按下確認才能真正的建立關係，
才是真正的在對方心中留下同樣的地位，
一次又一次嘗到的失望之苦，
只會讓你離「無條件相信」愈來愈遠，
也愈來愈學會一個人獨處，
最壞的也只不過是孤獨，至少不會被傷害消磨意志。

· *DAY 24* ·

有明月

我們總是朝著＿＿＿＿＿＿＿＿＿的路進發。

我們總是朝著「沒有然後」的路進發。

到底是視死如歸的主動告白令人心碎，
還是一直隱藏心意教人後悔不已？
若那時勇敢一點，衝動一點，
彼此的人生是否就會不一樣了？

◆◆◆

我總以為過往的經歷真的會教曉我們什麼，
可是彼此在年月裡受過的傷，只會讓我們把自己隱藏得更深，
徒勞的掙扎，最後還是沒能撫平過去的傷痛，
短暫的相遇，捉不緊就只能終身的錯過。

◆◆◆

不由自主地想到我們那些沒有的後來，
努力想要維持現狀，
可是會痛，真的會痛，
看得到的我倆的終點，無法一直留在原地，
不管有多不服氣，還是得迎接
我們
的
結局。

· *DAY 25* ·

有明月

靈魂深處的＿＿＿＿＿＿＿散落在娑婆世界。

靈魂深處的堅持散落在娑婆世界。

常問自己的一個問題是：到底什麼時候才願意放棄？
有時候覺得所有事情都得不到一個答案。
再努力去追尋也只是在為生命添加莫須有的意義，
不是不擅長堅持，只是無力再去抵抗一切紛擾，
經歷過再多失望的事情，
終歸也只會繼續無止境地失望，
再多的「明明」，配上「但是」，
都只會讓人氣餒，
何不就此罷手，總好過徒勞無功。

◆◆◆

有時候，可能都急於證明這個世界沒有自己是不同的，
可是一切依舊，
愈是感覺到生命的流逝，愈是想要在每段關係都留下些什麼，
可是從不如願，
不是想要實際回報，
只是渴望一個被珍視的機會，
這種「真的盡力了，可是……」很累很累，
我們也不過是人，還是會氣餒。

· *DAY 26* ·

蛾眉殘月

幸福是＿＿＿＿＿＿＿＿＿＿，計畫很多卻不如人意。

幸福是遙遙無期的旅程，計畫很多卻不如人意。

擅長重複犯錯，被同樣的人重複傷害，
習慣受折磨、愛上痛苦，
你成了一道最痛的永久性傷口，
而我成了終身也只能活在你陰影下的階下囚，
這樣的共生體，不在一起卻永遠捆綁在一起。

◆◆◆

不是第一次了，
人大了，還是學不會成熟和理智一點，
還是會被感情和關係所駕馭，
每一個感情用事的決定都換來最深的教訓，
跌進萬劫不復的漩渦中，
伸手無援，遙望無邊。

◆◆◆

離開的決心不容易，重來也只會帶來二次傷害，
而我們總是習慣製造遺憾，讓遺憾成為心中的一根倒刺，
持續生長，想要拔出來卻無從入手，
令人想要停止一切，暫停感覺，
中斷所有關係的輸入輸出。

· *DAY 27* ·

蛾眉殘月

我只是能________________的載體。

我只是能感動自己的載體。

有時候，我們都會因為在乎而變得很盲目，
甚至沒察覺到何時應該罷手，
一直一直，希望以在乎換來在乎，
直到對方受不住、主動離開的那一刻，
才能接受「你從不屬於我」，
最難的告別，是你一直活在我的心裡不曾離開。

◆◆◆

那些掛在口邊的「沒關係」，
是知道即使在乎也沒能改變什麼的證據，
後來的從容，是明白沒法拉近距離，於是不再靠近；
後來的明白，是理解當初的「你懂我」也只不過是假性想像，
想要得到一個人的回覆是盲目執著的病態。

◆◆◆

抑制想要找你的衝動就是對自己最好的保護，
你的忽略不會再是我每天的恐懼，
畢竟枯木是不能夠開花的。

· *DAY 28* ·

殘月

想要在四崩五裂的世界中活出＿＿＿＿＿＿＿的自己。

想要在四崩五裂的世界中活出輕狂的自己。

沒有人會想過世上最遠的距離是課室到洗手間的走廊，
自己一個人走著，身旁都是竊竊私語的人，
他們的聲音無孔不入，不容許你假裝聽不到，
適應群體生活的地方，
卻變成了對人際關係產生恐懼的——
地獄。

◆◆◆

人們總說很難遇到真愛，
但真正的朋友不比真愛容易遇到，
由衷地希望會有這樣的一個人——
那個在需要的時候，我們會有勇氣求助的人；
那個不論怎樣也會一直相信我們的人；
那個沒有利益也不會離開的人；
可是我們總是無能為力的為有毒的關係、不值得深交的人，
花光了心力，流乾了眼淚，
比起「失去」，更可怖的是「強求」，
人生已經夠難了，不用再多一個令自己難受的理由。

· *DAY 29* ·

曉 月

離不開的都是＿＿＿＿＿＿＿＿。

離不開的都是自己活該。

不想投入太多以至於受到傷害，所以寧願寂寞，
盡力不夠的話，就別再用力了，
人沒有多少心力，可以重複面對傷痛，
感覺一部分的自己一點一點慢慢地流失，
除了惋惜，又能怎麼樣？
固然可悲，誰又會可憐？
不屬於你的，多用力多用心只會徒勞無功。

◆◆◆

總是活在自以為的世界裡，只會沒止盡地失望，
以為事情會變好，其實沒有最壞，只有更壞，
以為努力挽留就不會失去，也許就像流沙般只會流走得愈快，
以為可以當一個最耀眼的自己，
可是一直也只是芸芸眾生中最渺小的存在。
改變不了世界，也影響不了其他人，
真的不想再以為了，
如此平凡的你，又怎能獲得他的好？

· *DAY 30* ·

晦月

我的＿＿＿＿＿＿＿是你無能力償還的。

我的失望是你無能力償還的。

有些事不是努力就能達成，有些人不是付出就能感動，
在對方的眼中，永遠只看到自己，
從來看不到一直守候的我，更看不到我們。
明明答案清楚得很，卻總是甘願蒙蔽雙眼被感覺牽著走，
就像永遠轉接留言信箱的電話，
明知道根本沒可能接通，
但還是會忍不住一直想要致電。

◆◆◆

每一個脆弱的瞬間，都會想起曾經親近的我們，
身旁缺少了你的位置，內心的空洞無從填補，
但比起把你強行留下，
寧願好好去習慣失去你的感覺。
朋友，感激你陪我走過還未成為大人之前，
那個盼望著長大、憧憬著未來的童年，
緣起緣滅不由人，你不負我，我也不負你，
彼此各自走向不同的道路，
不要回頭，也不要惋惜，
那是我們最好的結局。

國家圖書館出版品預行編目資料

儘管世界動盪，你依舊是最好的日常：電影療傷誌 / Moviematic 著. -- 初版. -- 臺北市：皇冠文化出版有限公司，2023.03
面；　公分. --（皇冠叢書；第 5084 種）（有時；21）

ISBN 978-957-33-4007-2（平裝）

855　　　　112003265

皇冠叢書第5084種
有時 21

儘管世界動盪，你依舊是最好的日常

電影療傷誌

作　　者—Moviematic
發 行 人—平　雲
出版發行—皇冠文化出版有限公司
臺北市敦化北路 120 巷 50 號
電話◎ 02-27168888
郵撥帳號◎ 15261516 號
皇冠出版社（香港）有限公司
香港銅鑼灣道 180 號百樂商業中心
19 字樓 1903 室
電話◎ 2529-1778　傳真◎ 2527-0904
總 編 輯—許婷婷
責任編輯—黃馨毅
美術設計—嚴昱琳
行銷企劃—薛晴方
著作完成日期— 2022 年
初版一刷日期— 2023 年 3 月

法律顧問—王惠光律師

讀者服務傳真專線◎ 02-27150507
電腦編號◎ 569021
ISBN ◎ 978-957-33-4007-2
Printed in Taiwan
本書定價◎新台幣 380 元 / 港幣 127 元